Wie weiter, Jenny?

von

Ulrich Conrad

Über den Autor:

Der Berliner Ulrich Conrad, Jahrgang 1966, begann 2004 mit Veröffentlichungen von Fachartikeln und Büchern über Schienenverkehr. Später folgten auch Artikel im Gemeindeblatt seiner Kirchengemeinde.

Ab 2015 besuchte er verschiedene Schreibkurse der Victor-Gollancz-Volkshochschule Steglitz-Zehlendorf, um für Kurzgeschichten und Romane seinen Schreibstil zu verbessern. Inzwischen veröffentlichte er diverse Kurzgeschichten und Novellen.

Er ist Mitglied der Autorengruppen:
- Berliner Autoren-Gruppe
- Die Hofpoeten
- Die Schlangenbader
- Forum Wort
- Romaniacs

In eigener Sache:

Ich bedanke mich für den Kauf dieses Buches.

Sollte es gefallen, würde ich mich über entsprechende Rezensionen, Empfehlungen und wohlwollende Bewertungen an jeder denkbaren Stelle, z. B. auf Buchblogs, auf sozialen Netzwerken oder im Bekanntenkreis sehr freuen, da ich selbst kaum Möglichkeiten zur Werbung habe.

Ich bedanke mich bei meinem Onkel, Thomas Günther, Lektor im Ruhestand, für das Lektorat.

Ulrich Conrad

Bibliografische Information der Deutschen National-bibliothek: Die Deutsche Nationalbibliothek verzeichnet diese Publikation in der Deutschen Nationalbibliografie; detaillierte bibliografische Daten sind im Internet unter http://dnb.dnb.de abrufbar.

Lektorat: Thomas Günther

Titelfotos: Axel Mellin (Wartburg), Engin Akyurt (Mädchen), von pixabay.com

Herstellung und Verlag:
BoD – Books on Demand, Norderstedt

ISBN: 978-3-7557-3432-1

Rückkehr in die Fremde

Mit mir und Svenja ist es aus! Ein für alle Mal! Statt ihr nimmt Jenny auf dem Beifahrersitz Platz. Ihre beste Freundin. Jedenfalls war sie es. Nachdem Svenja ihr den Freund weggeschnappt hat, dürfte das vorbei sein.

Noch immer aufgeregt, starte ich mit zittrigen Fingern den Motor. Ich hätte gar nicht herkommen sollen. Es war absurd zu hoffen, dass ich Svenja zur Vernunft bringen könnte.

Jennys Gesicht wirkt versteinert. Gerade wurde sie von ihrem Freund abgewiesen. Wäre ich nicht hier, stünde sie mutterseelenallein in Leipzig. – Jenny Lehmann, die blondgelockte Schönheit, der schon in der Schule alle hinterherrannten. Mir hatte sie nie auch nur einen Blick zugeworfen. Sie wird bestimmt schnell einen neuen Freund finden.

Mit unsicherer Stimme bedankt sie sich fürs Mitnehmen. Ihr Make-up ist von Tränen verwischt.

„Kein Problem, Jenny", antworte ich, „ich fahre ja sowieso zurück nach Eisenach." So schnell wie möglich, will ich nach Hause und Svenja vergessen.

Jenny schnallt sich an, sieht sich um und winkt einem Mann zurück, der sie bis eben begleitet hat.

Die Ampel springt auf Grün. Mit quietschenden Reifen biege ich ab. Möglichst rasch möchte ich Leipzig verlassen und Abstand von Svenja gewinnen. „Wer war eigentlich dieser Typ eben?"

„Das war der Andi", antwortet Jenny. „Er hat uns hinterhergewinkt. Ein richtiger Kavalier. Gestern saß er mir im Zug gegenüber, als Dennis anrief und Schluss gemacht hat. – Am liebsten wäre ich vor einen Zug gesprungen, aber er hat mir geholfen."

Mein Gott, da hätten Svenja und Dennis ja etwas angerichtet! „An so was solltest du nie denken, Jenny. Für dich geht es immer irgendwie weiter."

„Aber wie denn, Jannik?", jammert sie. „Hast du eine Idee, warum mir deine Freundin meinen Freund weggenommen hat?"

„Keine Ahnung, was sie an ihm findet, aber *meine* Freundin ist sie jetzt wohl nicht mehr." Dieser Gedanke vermischt Trauer und Zorn in mir. Warum hat sie das nur getan? Warum haben Svenja und Dennis uns das angetan? – Für Jenny muss es noch schlimmer sein. Sie hat nicht nur ihren Partner, sondern auch die Freundin verloren. – Endlich haben wir Leipzig verlassen. Auf der Landstraße werde ich schneller.

Gut, dass Jenny diesen seltsamen Helfer gefunden hat. Ob sie sich sonst wirklich das Leben genommen hätte? „Und dieser Andi hat sich von gestern bis heute um dich gekümmert?"

„Er hat mir eine Hotelübernachtung bezahlt. Ganz ohne Gegenleistung! Schließlich hat er mich sogar zu Dennis begleitet, um meinen Laptop zu holen."

„Was für einen Laptop?"

„Den wollte ich auf keinen Fall bei Dennis lassen. Meine Klamotten und ein paar Kosmetika sind nicht so wichtig, aber auf dem Laptop sind Bilder von Omas letztem Geburtstag."

„Oh, Svenja hat erzählt, dass sie gestorben ist. – Das tut mir leid. – Und dieser Andi hat dich in die Höhle des Löwen begleitet? Das muss ja ein echter Held sein. Wollte er gar nichts von dir?"

„Nein, nichts. Er war nur unglaublich hilfsbereit."

Tja, Jenny findet eben immer einen, der ihr zur Seite steht. Ich dagegen? Eine Frau, wie Jenny, kann sich ihre Freunde aussuchen. Mit ihrem sonst so fröhlichen Lächeln könnte sie jeden haben, aber einen wie mich würde sie gar nicht erst ansehen. Immer müssen es durchtrainierte Sportler sein. Große, kräftige Kerle. – Ob sie was im Kopf haben, ist unwichtig. Dieser Andi war wohl nicht so. Klar, sonst wäre sie sicher gleich bei ihm geblieben.

„Ja, Andi war super. Hoffentlich finde ich wieder einen, der mir weiterhilft."

Was soll denn das heißen? „Du hast doch mich gefunden."

„Dich?"

„Wäre ich nicht nach Leipzig gekommen, um Svenja zur Vernunft zu bringen, stündest du jetzt alleine da."

„Ja, danke, aber du bringst mich nur zurück nach Eisenach. Wo soll ich denn da hin?"

„Na, zu deinen Eltern, nach Hause."

Sie schüttelt den Kopf. „Das wird nicht gehen. Mein Erzeuger hat ganz klar gesagt, dass ich mich nicht wieder sehen lassen darf, wenn ich zu Dennis reise."

„Und du bist trotzdem nach Leipzig gefahren."

„Ich habe ihn doch geliebt!", ruft sie verzweifelt.

„Das hat dein Vater sicher nicht so gemeint."

Mit scharfem Blick sieht sie mich an. „Was meinst du, wer von uns beiden ihn besser kennt?"

„Ja, okay, du natürlich."

„Vielleicht kann ich bei einer Freundin Unterschlupf finden. Ich muss gleich mal herumtelefonieren, wer mich aufnimmt."

„Bei einer Freundin? Na, wie du meinst." Bei mir wäre ja auch Platz, aber ich muss erstmal über Svenja hinweg kommen. Treue ist so wichtig, und dafür ist Jenny nicht gerade bekannt.

Hinter Markranstädt gebe ich Gas. Möglichst schnell auf die Autobahn, nach Hause kommen und diesen Sonntag vergessen!

„Ich werde mal Johanna anrufen", verkündet Jenny. „die war immer nett und hilfsbereit."

Sie führt ihr Smartphone zum Ohr. „Ja, hier ist die Jenny. Eine Schulfreundin von Johanna. Ist sie zu sprechen? – Dann grüßen Sie sie bitte von mir." Jenny klingt enttäuscht. „Mist. Das war ihr Vater. Seit zwei Wochen hat sie einen Job in Kassel und lebt jetzt dort."

„Oh, das tut mir leid."

„Egal. Dann frage ich Mia. Die ist zwar ein bisschen langweilig, aber das macht nichts. Es wird Zeit, dass ich mich bei ihr mal melde."

Zur A9 geht es rechts in Richtung Bad Dürrenberg. Zu schnell nehme ich die Kurve, das Kreischen der Reifen sollte nicht sein.

Jenny hält sich fest, während sie Mias Nummer wählt. „Hallo Mia, hier ist Jenny. Ich wollte mal wieder hören, wie es dir geht. – Echt? So richtig verlobt? – Nach Saarbrücken?"

Und schon schlägt ihre Stimme von aufgesetzter Fröhlichkeit in pure Enttäuschung um.

„Ja. Es wäre schön, wenn man sich irgendwann mal wiedersieht." Sie verabschiedet sich.

Auf dem Smartphone sucht sie nach weiteren Nummern. „Das kann doch nicht wahr sein! Wer kommt denn noch in Frage?"

Unfassbar, welche Energie sie einsetzt, um nicht nach Hause zu müssen, aber mich fragt sie nicht. – Vielleicht ist das besser so. Am Ende würde ich mich noch in sie verlieben. Immerhin sieht sie Svenja durchaus ähnlich, auch wenn ihr Haar lockiger und länger ist. Außerdem hat sie ein runderes Gesicht und ist etwas kleiner, aber trotzdem eine Schönheit.

Könnte sie mir Svenja ersetzen? Ihre Beziehungen haben nie lange gehalten und Zuverlässigkeit ist so wichtig.

Treu ist Svenja aber auch nicht! – Als Kinder haben wir miteinander gespielt, später haben wir uns verliebt und nun ist sie weg.

Endlich ist die Autobahn erreicht. Auf der linken Spur gebe ich Vollgas. Ab nach Hause, um Svenja, so schnell es geht, hinter mir zu lassen!

Jenny hält sich krampfhaft fest. „Du hast es aber eilig!"

„Ich will nur zurück nach Eisenach."

„Wie schnell fährst du?"

„Soll ich langsamer fahren?"

„Ja, bitte."

„Okay, wie du meinst." Sie hat ja Recht. Der Straßenverkehr ist kein Ort, um Frust auszuleben.

Jenny bedankt sich kurz. Sie wischt auf ihrem Smartphone herum und sucht nach weiteren Kontakten. „Lilly. Die hat Temperament. Sie hat immer für Stimmung gesorgt. Die rufe ich an."

Sie wählt ihre Nummer, wartet einen Moment und legt wieder auf.

„Ihre Handynummer ist nicht mehr vergeben! Hast du vielleicht die Nummer von Lillys Eltern, Jannik?"

„Nein."

„Verdammt!"

Nachdenklich kaut Jenny auf ihrer Unterlippe.

„Verdammt, Jannik, ich will nicht nach Eisenach."

„Was? Nicht nach Eisenach? Wohin denn sonst?"

„Ich habe eine bessere Idee. Kannst du mich nicht nach Dresden bringen? Vielleicht würde der Andi mich eine Weile aufnehmen. Der war so hilfsbereit."

Ich fasse es nicht! „Dieser Andi von vorhin? Ist das dein Ernst? Nach Dresden sind es bestimmt hundertfünfzig Kilometer in der falschen Richtung! Ich will nach Hause!"

„Aber, er war so nett. Der würde mir sicher helfen."

„Oh, mein Gott!", stöhne ich. Wäre er überhaupt schon in Dresden? „Hatte er denn ein Auto?"

„Nein, wieso?"

Lächelnd schüttle ich den Kopf. „Der wäre noch gar nicht zu Hause, wenn wir bei ihm einträfen."

Für einen Moment erkenne ich, wie sie mich mit leicht geöffnetem Mund anstarrt. Daran hat sie nicht gedacht.

„Er wird sich veräppelt fühlen, wenn wir vor ihm dort wären, anstatt ihn mitzunehmen."

Ihre Stimme klingt traurig. „Ja, da hast du Recht."

„Und wenn er irgendwann endlich kommt und dir nicht hilft, stehst du allein in Dresden."

Nach kurzem Zögern beginnt sie zu säuseln. „Kannst du nicht auch dort warten und mich notfalls nach Eisenach fahren, wenn er mich wegschickt?"

Das fehlte noch. „Sonst noch was? Sollen wir ihm stolz vorführen, dass man im Auto schneller ist? Er wird sich veralbert fühlen. Hat er nicht genug für dich getan? Das ist doch Blödsinn!"

Sie schweigt.

Bei einem schnellen Seitenblick entdecke ich Tränen auf ihrer Wange. „Weinst du?"

Schnell fährt sie sich kopfschüttelnd mit einem Taschentuch durchs Gesicht. Sie schweigt.

War ich etwa zu hart? – Ich darf meine schlechte Laune nicht an ihr auslassen! Sie hat mindestens so viel Enttäuschung erlebt wie ich. – Nun weint sie auch noch. „Hey, Jenny, das war nicht so gemeint."

Sie schnieft.

Was mache ich nur? Sollte ich sie doch nach Dresden bringen? Die Zeit hätte ich und gegen Tränen komme ich nicht an. „Also gut, wenn du unbedingt willst, bringe ich dich zu diesem Andi."

Mit feuchten Augen sieht sie mich an. „Lass mal, du hast ja Recht. Das wäre Quatsch."

Erleichtert atme ich auf.

„Wenn ich nur wüsste, wo ich hin soll."

Hoffentlich will sie nicht zu mir. Ich kann noch keine neue Beziehung gebrauchen, und schon gar nicht mit Jenny, die sich wohl kaum in mich verlieben würde. „Wie wäre es, wenn ich dich doch zu deinen Eltern bringe? Sie werden dich nicht abweisen. Das machen keine Eltern. Sie drohen vielleicht damit, aber sie tun es nicht."

„Mein Alter macht es. Ich kenne ihn."

„Du solltest die Probleme mit deinen Eltern klären."

Sie schüttelt den Kopf. „Er hat alles gesagt. Er will keine Tochter, die angeblich ständig den Freund wechselt. Was soll ich ihm denn jetzt sagen?"

„Vielleicht, dass er Recht hatte Dennis abzulehnen?"

Sie weint heftiger. „Aber er hätte jeden abgelehnt!"

„Was sagt denn deine Mutter dazu?"

„Nichts. Die hat nichts zu sagen. Sie hält immer zu ihm. Klar, ohne ihn könnte sie in keiner schicken Villa wohnen, mit Gold an Hals und Fingern und ständig neuen Klamotten. Ihr Wohlstand ist ihr wichtiger als ich. Sie wird nicht helfen und er wird mich abweisen."

Nachdenklich schüttle ich den Kopf. „Das kann ich mir nicht vorstellen. Lass es uns wenigstens probieren."

Jenny stöhnt. „Und was ist, wenn sie mich nicht aufnehmen? Hast du dafür auch eine Idee?"

Das passiert bestimmt nicht, aber falls doch, bleibt mir nichts anderes übrig. „Notfalls kannst du bei mir unterkommen." – Hoffentlich hält sie das nicht für eine plumpe Anmache.

„Bei dir?", fragt sie mit leicht amüsiertem Blick.

Nimmt sie mich nicht ernst? Was soll das? Warum nimmt sie mein Angebot nicht an?

Verunsichert betrachtet sie mich. „Wahrscheinlich muss ich auf dein Angebot eingehen."

Es wird kaum dazu kommen. „Sie werden dich aufnehmen, und wenn nicht, helfe ich dir. Du wirst sehen. – Ich lasse dich auch in Ruhe."

Da lächelt sie. „Na, gut. Danke. Es wäre nur für ein paar Tage. Ich besuche ein paar gute Partys und finde bestimmt einen neuen Freund."

Na toll! So einfach ist das für sie. Klar, mit ihrem Aussehen wird ihr das nicht schwer fallen. Sie wird schnell über die Trennung von Dennis hinwegkommen. Er war nur einer von Vielen.

Ich dagegen werde allein bleiben. Hätten Svenja und ich uns nicht schon als Kinder gekannt, wären wir kaum zusammen gekommen. Es schien alles so selbstverständlich, doch das war es nicht.

Werde ich jemals wieder eine Freundin finden? Warum will Jenny unbedingt gleich auf die Suche nach anderen gehen? Kann sie mich nicht wenigstens in Erwägung ziehen?

Das wäre für sie wohl undenkbar. Klar, ich bin eben nicht der sportliche Typ, auf den sie abfährt. Nie wieder werde ich so glücklich werden wie mit Svenja. Werde ich überhaupt wieder eine Partnerin finden? Ich könnte heulen, wenn ich an die leere Wohnung denke, in die ich zurückkehren muss.

Plötzlich hupt neben uns einer wie wild. Verdammt, ich bin von der Spur abgekommen.

Reifen quietschen!

Im letzten Moment kann ich gegensteuern.

„Was war denn das jetzt?", fragt Jenny entsetzt.

Meine Stimme zittert. „Bin ich so ein schlechter Kerl, dass sie mich verlassen musste?"

„Nein, das bist du bestimmt nicht." Sie legt ihre linke Hand auf mein rechtes Knie.

Das hätte eben schief gehen können. Die Autobahn ist kein Ort für Emotionen. Ich muss mich zusammenreißen.

„Dieses Miststück!", schimpft sie und zieht ihre Hand wieder zurück. „Na, wenigstens hat sie Dennis überredet, mir meinen Laptop herauszugeben."

Ist das für Jenny so wichtig? – Ach, was soll's. „Eigentlich müsste ich froh sein, dass Svenja weg ist. Sie ist untreu! Sie taugt nichts. Früher oder später wird sie auch Dennis verlassen. – Das hat er dann verdient, oder?"

„Oh, ja. Und wir finden sicher bald andere Partner."

Wenn das so einfach wäre. Wie stellt sie sich das vor? „So schnell, wie du immer neue Freunde hast, finde ich bestimmt keine andere Freundin."

„Wieso denn nicht?"

„Das liegt mir einfach nicht."

„Geh halt mal auf Partys, ein bisschen tanzen."

Ich und tanzen! „Nein, das ist nichts für mich."

Kritisch betrachtet sie mich. „Du solltest ein bisschen mehr aus dir machen. Kannst du nicht diese Brille abnehmen?"

Ich schüttle den Kopf. „Ohne Brille kann ich nicht Auto fahren."

„Oder geh in ein Fitness-Studio und leg dir ein paar Muckis zu, damit du etwas sportlicher wirkst."

„Hast du vergessen, wie schlecht ich im Sport war? Dafür bin ich nicht geeignet."

„Na, du musst es ja wissen."

Wofür bin ich eigentlich geeignet? Als Trottel, dessen Hilfe man annimmt, bevor man ihn fallen lässt? Früher hat Svenja zu mir gestanden. Sie wird merken, was für ein Idiot Dennis ist und was sie an mir hatte. Wenn sie dann zurückkommen will, lehne ich sie ab. Eine untreue Frau kann ich nicht gebrauchen!

Ob sie jemals wieder zurückwollen wird? Es war so schön mit ihr und Jenny hat kein Interesse. Ein schneller Blick zur Seite fällt auf ihr lockiges Haar, viel länger und üppiger als bei Svenja, aber genauso blond. „Meinst du, dass sich das mit Svenja und mir reparieren lässt?"

Sie starrt mich an, scheint nachzudenken, aber zögert mit einer Antwort. – Klar, was soll sie sagen, ohne mich zu verletzen? Natürlich lässt sich das nicht reparieren. Ihr muss das klar sein! Es ist eine traurige Gewissheit, da darf ich mir nichts vormachen. „Du glaubst auch nicht, dass Svenja zurückkommt", flüstere ich enttäuscht.

„Hey, Jannik, nun lass den Kopf nicht hängen. Du findest schon eine Neue."

Wenn das nur so einfach wäre. „Aber wie denn?"

„Das geht manchmal schneller, als man denkt."

Wie meint sie das? Spielt sie auf sich selbst an? Hat sie Interesse an mir? Habe ich sie so falsch eingeschätzt? Für einen Moment wandert mein Blick auf ihr Gesicht.

„Sieh nach vorne!", schimpft sie zu Recht. „Du findest schon jemanden."

Zum Glück ist die Autobahn relativ leer.

Jemand anderes finde ich vielleicht irgendwann, aber Jenny sitzt schon neben mir. Eine Weile schweigen wir uns an. Ob ich sie zum Essen einlade? „Jenny, wir sind doch Leidensgenossen. Allein gelassen, von unseren Partnern."

„Tja."

Jetzt muss ich es wagen! „Wollen wir uns vielleicht mal treffen, wenn wir wieder zu Hause sind?"

Verwundert sieht sie mich an. „Ich denke, du nimmst mich mit zu dir?"

„Ja, klar, wenn es nicht anders geht, aber wir sollten erst mit deinen Eltern reden, oder?"

Sie winkt ab, „Sinnlos, aber wenn du meinst."

„Sie werden dich aufnehmen. Ganz bestimmt!"

„Du musst es ja wissen.".

Erschreckend, wie sie resigniert. Ob ihre Eltern wirklich so schlimm sind? „Wenn wir ankommen, bist du ja nicht allein. Ich kann auch etwas sagen."

Sie stöhnt. „Nein, das wäre nicht gut. Sie würden nur denken, du wärst schon wieder mein nächster Freund. Das würde alles noch schlimmer machen."

„Okay, wenn das so ist, musst du alleine dort eintreffen. – Es wird schon gut gehen."

Ungläubig bläst sie kurz aus der Nase und schweigt.

Hinter Gotha erscheint links der Thüringer Wald. Noch eine halbe Stunde bis Eisenach. Bald bin ich zu

Hause, aber vorher muss ich Jenny absetzen. Bestimmt wird sie viele Vorwürfe ertragen müssen.

Zum Glück will sie nicht, dass ich dabei bin. Ich könnte mir auch Schöneres vorstellen.

Tausend Meter vor „Eisenach Ost" erscheint endlich die Wartburg. Wir sind fast zu Hause.

Jenny wird unruhig. „Du, Jannik, kannst du eine Weile in der Nähe warten, falls sie mich nicht reinlassen?"

Auch das noch. „So ein Quatsch, sie *werden* dich reinlassen. *Alle* Eltern lassen ihre Kinder rein, wenn sie nach Hause kommen und ich will endlich nach Hause."

„Ach, bitte!", fleht sie. „Nur zehn Minuten. Wenn ich bis dahin nicht zurück bin, kannst du abfahren."

Ihr ängstlicher Blick ist besorgniserregend. Können Eltern wirklich so hartherzig sein?

Wir haben die Wartburgallee erreicht. Gleich sind wir bei Jennys Eltern. Spielt es eine Rolle, ob ich zehn Minuten früher oder später nach Hause komme? „Na, von mir aus."

Die Fritz-Koch-Straße führt steil hinauf. Noch einmal abbiegen, dann bittet mich Jenny zu halten.

„Hier schon?"

„Der Alte darf auf keinen Fall sehen, dass mich jemand herbringt."

„Na, wie du meinst."

Sie steigt aus.

Aus dem Kofferraum wuchte ich ihren riesigen Reiserucksack.

Mit unglücklichen Augen bedankt sie sich. „Ich habe Angst, Jannik. Bitte warte wirklich."

„Es wird schon gut gehen. Aber ich warte. Versprochen!"

Sie schwingt ihr Gepäck auf den Rücken und verschwindet an einem schmiedeeisernen Gartenzaun durch die Pforte. Man hört einen Rasenmäher.

Wird es wirklich gut gehen? Ich sehe auf die Uhr. Zehn Minuten können lang werden.

Der Rasenmäher verstummt. Ob ich lauschen kann?

„Was willst du denn noch hier?", hört man eine mürrische Männerstimme schimpfen.

„Du hattest Recht. Ich hätte nicht zu Dennis fahren sollen. Er taugt wirklich nichts", gesteht Jenny.

„Hat er dir nicht genug gezahlt?"

Oh, das ist allerhand!

„Was?" Kein Wunder, das Jenny entsetzt ist.

„Egal. Ich hatte deutlich gesagt, dass ich keine Tochter mehr habe! Also verschwinde und lass mich in Ruhe!"

Oje, werde ich sie tatsächlich aufnehmen müssen? Was soll ich mit Jenny? Sie könnte mich kaum über den Verlust von Svenja trösten. Es ist erst eine Woche her, dass wir noch zusammen waren.

In ihrer Verzweiflung wird Jenny lauter. „Du kannst es dir doch nicht aussuchen. Ich werde immer deine Tochter sein, ob du willst, oder nicht."

Der Vater beginnt zu brüllen. „Hau ab, du Miststück!"

„Mutti!", ruft Jenny verzweifelt. „Mutti, sag auch mal was!".

Das wird nichts! Ich muss sie aufnehmen. Das habe ich versprochen. Wie wird das gehen? Gut, ein Nachtlager im Wohnzimmer ist schnell hergerichtet, aber wie lange wird sie bleiben? Keinesfalls darf ich mich in sie verlieben. Svenja verloren zu haben reicht erstmal.

„Verdammt, sei still. Sonst rufe ich die Polizei!"

Ja, das ist ihm wohl peinlich. Was werden die Nachbarn denken?

Leise ist eine Frauenstimme zu hören. „Ach, Heinzi, sei doch nicht so streng." Das muss die Mutter sein. Hoffentlich erreicht sie etwas.

„Halt du dich da raus!", blafft ihr Mann zurück.

„Ach, Jenny", seufzt die Mutter hilflos.

Hat sie dem nichts anderes entgegenzusetzen? Die lässt sich ja was gefallen!

Jennys Vater pöbelt weiter. „Das ist *mein* Haus und dieses Stück Mensch kommt mir nicht mehr über die Schwelle!"

Auf einmal schreit Jenny auf! – Was passiert da?

„Heinzi!", hört man die Mutter rufen.

Im nächsten Moment rennt Jenny weinend auf die Straße und fällt mir um den Hals. „Jannik!"

Der Rasenmäher läuft wieder.

Erstmal unterkommen

Vorsichtig umarme ich sie, soweit das mit ihrem prallen Rucksack möglich ist. „Schon gut, Jenny, ich habe gehört, was passiert ist."

„Mit der Heckenschere ist er auf mich losgegangen!" Sie tritt einen Schritt zurück und holt mit beiden Fäusten aus, als wollte sie mir auf den Kopf schlagen. „So hat er mich bedroht!"

Unglaublich, aber ich habe es ja gehört. „Lass uns erstmal zu mir nach Hause fahren. Wir sollten das auch mit meinen Eltern besprechen. Die sind nett und helfen bestimmt."

Bereitwillig kommt sie mit. Der Rucksack landet wieder im Kofferraum und Jenny steigt weinend ins Auto. „Und Mama hat nur kopfschüttelnd zugeschaut! Warum lässt sie das zu? Jannik, warum hilft sie mir nicht?"

Gegen diesen Diktator wird sie wohl nicht ankommen. „Das weiß ich nicht, aber *meine* Eltern werden helfen, Jenny, da bin ich mir sicher. Ich werde gleich anrufen und Bescheid sagen, dass wir kommen."

Sofort schalte ich die Freisprecheinrichtung ein und gebe meinem Telefon Anweisungen. „Ruf an: Mama!"

Ich muss das mal ändern. Das klingt so nach Muttersöhnchen.

Die einprogrammierte Nummer wird gewählt, es tutet.

Sie meldet sich. „Jannik, schön dass du anrufst. Bist du noch in Leipzig?"

„Nein, ich komme gleich nach Hause. Kannst du etwas zum Essen vorbereiten? Ich bringe jemanden mit."

„Ach? Hast du Svenja tatsächlich überzeugen können? Das hätte ich nicht gedacht."

Oh, Gott. „Nein, das mit Svenja ist vorbei. – Erinnerst du dich an Jenny?"

„Jenny? Etwa Svenjas Freundin, die ständig andere Partner hat?"

Sie wird begeistert sein, das zu hören. „Ja, genau die."

„Was willst du denn mit der?"

„Sie hat mich gefragt, ob sie eine Zeit lang bleiben kann, weil ihre Eltern sie verstoßen haben."

„Na, das muss ja eine Familie sein. Es ist ja nett von dir, dass du helfen willst, aber fang lieber nichts mit ihr an. Ich glaube nicht, dass sie etwas taugt."

So geht das nicht weiter! „Mama! Sie hört doch mit."

„Ach, herrje! Wieso denn das?"

„Ich habe dir gesagt, dass ich sie mitbringe, und du weißt, dass ich im Auto nur über die Freisprechanlage telefonieren kann."

„Dann muss ich mich wohl bei ihr entschuldigen: Liebe Jenny, es war nicht so gemeint. Eine Mutter ist eben immer sehr um das Wohl ihres Kindes besorgt."

Jetzt bezeichnet sie mich auch noch als Kind! Was soll Jenny bloß denken?

„Ist schon gut", antwortet sie schmunzelnd, „auf ein Kind muss man eben aufpassen, damit ihm fremde Leute nichts tun."

Für wie alt halten die mich eigentlich?

„Naja, so ganz fremd bist du ja nicht. Du warst doch mit Svenja befreundet."

„Ja, die hat mir jetzt meinen Freund weggeschnappt."

„Ach, du Ärmste! Weißt du was? Zur Begrüßung werde ich euch einen schönen Kuchen machen."

„Oh, das muss aber nicht sein."

„Das geht ganz schnell. Ich muss ihn nur in der Mikrowelle auftauen."

„Na, wie Sie meinen."

„Wo seid ihr denn jetzt?"

„Am Prinzenteich", rufe ich dazwischen. „In einer Viertelstunde sind wir bei euch."

„Oje, so schnell? Kommt lieber in einer Stunde, damit ich etwas vorbereiten kann."

„Na, wenn es sein muss." Wir verabschieden uns.

Nachdenklich wende ich mich an Jenny. „Okay, fahren wir erstmal in meine Wohnung?"

„Nein", ruft sie zu meiner Überraschung, „bieg mal da vorne rechts ab und lass uns zum Burschenschafts-Denkmal hochfahren."

„Was willst du denn da?"

„Mir ist gerade danach. Ich will einen Blick von dort auf die Wartburg werfen."

„Die wird wohl noch da sein."

Ihre Stimme wird melancholischer. „Ich konnte sie immer aus meinem Zimmerfenster sehen. Das ist nun vorbei. Vom Burschenschafts-Denkmal aus hat man einen ganz ähnlichen Blick. Ich will ihn noch einmal in Ruhe genießen."

Gut, das soll mir recht sein. Die Zeit haben wir und vom Parkplatz ist es nicht weit.

Hier oben war ich zuletzt als Kind. Unglaublich, diese Aussicht über die Stadt, die Wartburg, den Thüringer Wald und den Hörselberg. „Gefällt es dir hier, Jenny?"

Mit feuchten Augen sieht sie mich an. „Danke, dass du mit mir hergekommen bist. Hinter den Bäumen da vorne bin ich aufgewachsen." Sie weist über den Parkplatz in Richtung Wartburg. „Die Richtung stimmt recht gut, aber wir wohnten natürlich näher dran."

Ihr Heimweh ist deutlich zu spüren. Sie braucht Trost. Unsicher lege ich eine Hand auf ihre Schulter, um ihr etwas Geborgenheit zu geben.

Sofort kuschelt sie sich an mich. Für einen Moment scheint sie es zu genießen, doch plötzlich stößt sie sich wieder ab. „Entschuldigung."

„Was ist denn? Du kannst dich gerne ein bisschen anschmiegen." Meine Gedanken schwelgen in Erinnerung. „Das hat Svenja auch oft gemacht."

Für einen Moment starrt sie mich an, wie die Maus eine Katze. „Soll ich dir etwa Svenja ersetzen?"

Erschrocken schüttle ich den Kopf. „So war das nicht gemeint."

Das vor all den Touristen zu besprechen, ist mir unangenehm. Auf dem Weg zum Auto muss ich klarstellen, dass sie nicht denken soll, dass ich etwas von ihr will. „Du könntest Svenja gar nicht ersetzen. Es war so schön mit ihr. Bis sie untreu wurde. – Und du bist ja auch nicht gerade für Treue bekannt."

„Was?", ruft sie empört. „Was kann *ich* denn dafür, dass Dennis mit mir Schluss gemacht hat? Habe *ich* ihn vielleicht betrogen und ihm Svenja ins Bett gelegt?"

Bin ich zu weit gegangen? „Das nicht, aber wie war das bei deinen früheren Freunden? Es werden kaum immer nur die Anderen schuld gewesen sein."

„Hörst du nur auf das Gerede deiner Mutter? Hat die eine Ahnung, was ich alles erlebt habe?" Sie winkt ab. „Aber das interessiert keinen. Hauptsache, ihr habt eure Vorurteile!"

„Wie soll ich denn Genaueres wissen? Svenja hat ja nichts erzählt."

„Echt nicht?"

„Eure Freundschaft war ihr zu wichtig. Ich weiß nur, dass du vor Dennis diesen Charly hattest, davor einen Benno, davor den Alex und wie sie alle hießen."

Als wäre sie in Gedanken versunken, läuft sie schnurstracks an meinem Auto vorbei.

„Wollen wir nicht einsteigen?"

Sie ignoriert mich und schlendert den Wiesenweg in Richtung Sophienhöhe.

Ich eile hinterher. „Jenny. Es tut mir leid, wenn ich etwas Falsches gesagt habe."

„So viele waren das gar nicht. Alex war der erste, mit dem ich ins Bett ging. Leider fand er bald eine andere." Traurig sieht sie in die Ferne.

„Oh, das wusste ich nicht."

„Benno hat mich getröstet. Er war sehr aufmerksam, hatte Geld und machte mir Geschenke. Er kaufte mir sogar teuren Schmuck, aber er ist nie mit mir ausgegangen. Immer blieben wir zu Hause. Er hatte sogar ein Haus, aber es war so langweilig bei ihm. Eines Tages hat er mir einen Heiratsantrag gemacht, als wir bei meinen Eltern waren. Die waren ganz begeistert von ihm, aber ich war so unsicher. Hätte ich da ‚Ja‘ sagen sollen?"

„Wenn du dir nicht sicher warst, natürlich nicht."

„Benno habe ich damit enttäuscht und mein Vater nahm mir das übel. Er sagte: ‚Eine anständige Frau muss einem Mann treu bleiben.‘ Wenn es nach ihm gegangen wäre, hätte ich sogar Alex seinen Seitensprung verzeihen sollen. Das konnte ich aber nicht."

Verständlich. „Warst *du* denn nie untreu?"

Mehrere Sekunden zögert sie, bevor sie weiter berichtet. „Benno zog sich zurück. Erst kurz darauf lernte ich Charly kennen. Er war unglaublich kräftig, konnte aber ausgesprochen zärtlich sein. Ein wunderbarer Mann."

Kaum zu glauben, wie sie schwärmen kann.

„Sein Vater hatte eine Kneipe, in der Charly oft aushelfen musste. Eine zeitlang war es schön, dort mit ihm zusammen zu arbeiten, aber bald fühlte ich mich nur noch wie eine Angestellte. Sie planten mich ganz selbstverständlich auch unabhängig von ihm ein. Immer öfter musste ich mit seinem Vater die Kneipe führen." Sie atmet tief durch. „Der stand hinterm Tresen und hat mit Stammkunden gequatscht, während ich andere bedient habe. Anfangs stand mir Charly noch bei, aber seinem Vater war es völlig egal, wenn mich irgendwelche Besoffenen angemacht haben. Und das jeden Abend bis spät in die Nacht. – Eines Tages kehrte Dennis bei uns ein und flirtete mit mir. Er wirkte so cool."

„Und du bist zu ihm geflüchtet?"

Einen Moment überlegt sie. „Flucht kann man das nicht nennen. Charly war ein guter Kerl, nur seine Familie hat mich überfordert. Das wurde mir alles zu viel, kann man das nicht verstehen?"

„Oh, doch, auf jeden Fall."

„Mein Erzeuger war richtig sauer. Er meinte, ich wäre nur zu faul und wollte nicht arbeiten, aber das stimmt nicht. Ich würde gerne arbeiten, aber wofür? Nie hat sich auch nur einer bedankt. Das war alles so selbstverständlich und Geld bekam ich nur zum Einkaufen. Ich fühlte mich richtig ausgenutzt!"

Allerhand. Jenny hat es wirklich nicht leicht gehabt!

„Dann hat mir mein Alter vorgeworfen, dass ich nicht Benno geheiratet habe. *Ich* wäre untreu! So ein Quatsch! – Na gut, Charly habe ich für Dennis verlassen, aber nur weil ich so nicht weiterleben konnte. Ein einziges Mal war ich untreu und schon habe ich den Ruf nie treu zu sein." Sie wendet sich ab. „Das ist nicht fair."

„Mensch, Jenny, das habe ich ja alles nicht gewusst."

„Svenja wusste das alles. Hat sie nie darüber gesprochen?"

Erschüttert schüttle ich den Kopf.

„Der Alte hat verlangt, dass ich zu Benno zurückkehren und ihn heiraten soll. Er hat sogar mit ihm geredet und geklärt, dass er mich noch nehmen würde. Warum mischt er sich so ein? Ist das nicht meine Sache?"

„Doch, natürlich."

„Oder ich hätte Charly heiraten sollen, dabei weiß ich gar nicht, ob der dazu bereit wäre. Einen Antrag hat er mir nie gemacht. Ich sollte ihm einen machen!" Sie wird leiser. „Aber bei ihm würde ich kaputt gehen."

Um ihr Halt zu geben, lege ich meinen Arm um sie und wische eine Träne von ihrer Wange. „Jenny, das habe ich alles nicht gewusst. Es tut mir so leid, dass ich schlecht über dich gedacht habe."

Sie bleibt stehen und sieht mich ein wenig schmollend an. „Du hättest ja auch mal fragen können."

„Hätte ich nicht furchtbar neugierig gewirkt? Das ging mich schließlich nichts an."

Nachdenklich beißt sie sich auf die Unterlippe. „Stimmt. Du bist ein guter Kerl."

Wir kehren um, doch ihre Vergangenheit lässt ihr keine Ruhe. „Warum treffe ich nur immer auf die Falschen?"

„Vielleicht erwartest du zu viel."

Auf dem Rückweg zum Auto wirkt sie unsicher. „Meinst du?"

„Na, mit mir könntest du es dir wohl nicht vorstellen, oder?"

Einen Moment sieht sie mich überrascht an. „Es wäre schon schön, wenn ich bei dir unterkommen könnte, aber dabei muss man sich ja nicht gleich verlieben."

„Tja, und wenn doch?"

„Wir kennen uns schon seit der Schulzeit. Warst du jemals in mich verliebt?"

„Ich hatte ja Svenja."

„Und sonst *hättest* du dich in mich verliebt?"

Was soll ich darauf sagen? Sie ist so hübsch, dass sie jedem gefallen hat. Ist ihr das nicht bewusst? „Hast du mal in den Spiegel gesehen? In dich muss sich doch jeder verlieben."

Sie zögert. Aus ihrem Gesicht werde ich nicht schlau. Ist sie wieder traurig oder zweifelt sie?

„Ich könnte also nicht bei dir unterkommen, weil du Angst hast ich würde dich unglücklich machen, wenn ich dich wieder verlasse?"

Ach, das ist ihre Sorge. – „Doch, wenn jemand in Not ist helfe ich. Wir fahren erstmal in meine Wohnung, da können wir dein Gepäck deponieren."

„Sollten wir nicht erst zu deinen Eltern fahren? Deine Mutter sagte: ‚In einer Stunde.'"

„Wir gehen auch gleich rüber zu ihnen."

„Zu Fuß? Ist das so nah?"

„Ja, gleich nebenan."

Sie staunt. „Direkt nebenan?"

Erschreckt sie das? Hält sie mich für ein Muttersöhnchen, das sich nicht abnabeln konnte? „Als ich meine eigenen vier Wände haben wollte, waren ein paar Wohnungen im Block frei. Viele Nachbarn waren weggezogen, und so konnte ich im Nebenhaus einziehen. Anfangs schien mir die Nähe zu meinen Eltern praktisch, beim Umzug haben sie mir sehr geholfen, aber manchmal nerven sie."

„Das kann ich mir vorstellen."

Endlich fahren wir die Mühlhäuser Straße hinauf, es geht nach Hause. Noch links abbiegen, um den Kreisverkehr herum und von der Ernst-Thälmann-Straße auf den Parkplatz hinterm Haus fahren. Erleichtert ziehe ich den Zündschlüssel ab. „Wir sind angekommen, Jenny."

Wirklich überzeugt scheint sie nicht. Misstrauisch sieht sie sich den Wohnblock aus DDR-Zeiten an. „Hier wohnst du also?"

„Lass uns die Sachen nach oben bringen." Erleichtert, endlich zurück zu sein, gehe ich voraus. Jenny folgt mir die zwei Treppen nach oben.

Ist meine Erleichterung überhaupt berechtigt? – Jetzt ist Jenny bei mir! Wird sie bleiben? – Nein, darauf darf ich nicht hoffen. Sie wird sich wieder einen kräftigen, sportlichen Typ suchen. Mich würde sie bestimmt, genau wie diesen Benno, als zu langweilig empfinden. Verliebe ich mich in sie, würde sie mich sicher enttäuschen. – Helfen muss ich trotzdem. Je eher sie auszieht, desto weniger gewöhne ich mich an sie.

Hinter der Wohnungstür stellen wir das Gepäck ab, „Wir gehen gleich nach drüben", empfehle ich, „meine Mutter wartet nicht gerne."

Hoffentlich denken meine Eltern nicht, dass zwischen Jenny und mir irgendwas läuft. Es wäre peinlich, wenn lauter Anspielungen kämen.

„Lass mich noch kurz ins Bad gehen", bittet mich Jenny. „Ich will rasch mein Make-Up in Ordnung bringen."

Ungeduldig stehe ich an der Tür. Mama hat uns bestimmt durchs Fenster kommen sehen und wird sich wundern, wo wir bleiben.

Endlich erscheint Jenny frisch gestylt. Zum Glück hat sie es nicht übertrieben. Gut sieht sie aus!

Wir gehen nach nebenan.

Jenny fährt sich noch einmal mit der Hand durch die Haare. Sie wirkt nervös. Kein Wunder.

Mein Vater öffnet die Tür. „Das ist also die Jenny Lehmann. Du warst doch die Freundin von Svenja, nicht? Schön, dass du mitgekommen bist."

„Ja, das war ich, Herr Ludwig."

„Wusste ich's!" Er strahlt über das ganze Gesicht.

„Svenja hat ihr den Freund ausgespannt", ergänze ich.

„Oh, das tut mir leid", sagt Papa einfühlsam. „Dann seid ihr ja Schicksalsgenossen."

Ich nicke. „Das kann man so sagen."

In der Küchentür erscheint Mama. „Meine Güte, Jenny, du bist ja richtig erwachsen geworden. Eine wahre Schönheit mit diesen langen Haaren! Ich war ja auch mal blond, aber so lange Haare wären mir zu unpraktisch."

„Mein blond ist echt."

„Ich meine ja nur. Ach, und bitte entschuldige, was ich da am Telefon gesagt habe, es war nicht so gemeint."

„Schon gut. Vergessen wir's, Frau Ludwig."

Mama lächelt. „Kommt am besten gleich rüber ins Wohnzimmer, es gibt Schwarzwälder Kirschtorte."

Bei Jenny kommt Freude auf. „Prima, mein Lieblingskuchen."

Wir setzen uns an den Tisch. Der Kuchen steht bereit, der Kaffee duftet, es ist alles perfekt vorbereitet.

Meine Mutter bringt den Kaffee und setzt sich zu uns. „Das freut mich aber, dass ich Sie heute richtig kennen lerne, Fräulein Jenny. Wollen wir uns duzen? Ich bin die Tina." Sie streckt ihr die Hand entgegen.

„Na klar. Jenny."

Wir sollten lieber zur Sache kommen, und überlegen, wie wir ihr helfen können, doch nun muss auch Papa ihr das Du anbieten.

„Und ich bin der Klaus."

Freundlich lächelnd schüttelt sie seine Hand. „Jenny."

„Das Bruderschaft-Trinken lassen wir lieber, sonst schimpft meine Frau." Papa kann es nicht lassen, solche Sprüche zu bringen.

Diesen Scherz kennt Mama längst und spielt Empörung vor. „Was du immer redest." Ohne eine Reaktion abzuwarten, wendet sie sich an Jenny. „Mögen Sie… Entschuldigung, magst du unseren Jannik?"

Oje, wie kann sie Jenny so etwas fragen?

Erschrocken schaut sie kurz auf. „Ich mag Schwarzwälder Kirsch."

Gut ausgewichen! – Immerhin war das kein Nein, aber auch nichts Besseres.

Mama gießt ihr Kaffee ein. „Wenn du mit diesem schrecklichen Dennis zusammenwarst, der dem Jannik die Svenja ausgespannt hat, seid ihr doch beide verlassen worden, nicht?"

Sie stöhnt. „Ja, so ist das." Ihre Laune schwindet deutlich, wenn sie an Svenja erinnert wird, was allzu oft geschieht.

Mama serviert ihr ein Stück Kuchen. „Du Ärmste. Aber warum bist du jetzt hier, statt bei deinen Eltern Trost zu suchen?"

Es wird immer schlimmer. Jenny stochert im Kuchen herum.

„Ihr Vater hat sie rausgeschmissen", berichte ich.

Sie nickt.

„Das kann ja nicht wahr sein!", empört sich Papa. „Eine vom Freund verstoßene Tochter muss man doch trösten!"

„Es ist aber so", bestätigt sie.

„Unglaublich!" Papa schüttelt den Kopf.

Mitfühlend hebt Mama die Hände und würde Jenny sicher sofort umarmen, wenn nicht der Tisch im Weg wäre. „Ach, Gott, du Ärmste."

Das wirkt immer so übertrieben. Hoffentlich hält Jenny Mamas Reaktion nicht für vorgetäuscht.

„Aber warum hat er denn so etwas gemacht? Oder ist das zu privat?"

Das ist es ganz bestimmt!

Jenny antwortet dennoch. „Naja, er fand, ich hätte zu oft den Freund gewechselt."

„Mein Gott, wie viele hattest du denn?"

„So viele waren es gar nicht."

„Das stimmt", ergänze ich, „und sie kann ja nichts dafür, wenn sie verlassen wird."

Endlich unterbricht Papa dieses unangenehme Gespräch. „Egal, wie viele es in der Vergangenheit waren, wichtig ist nur die Zukunft. Jede neue Beziehung bedeutet, dass eine alte zerbricht. Sie ist deshalb auch immer mit Kummer verbunden. Besser ist es daher, treu zu bleiben und an einer guten Partnerschaft festzuhalten."

Nur für einen Moment schaut Jenny auf, bevor sie wieder verschämt auf ihren Teller blickt. „Leider hatte ich wohl noch nie eine gute Partnerschaft."

„Die ist manchmal näher, als du denkst." Er schmunzelt, während er mich anblinzelt.

So weit ist sie noch nicht. Meine Eltern sollten sich da zurückhalten. Ich schüttle den Kopf. „Das muss Jenny wissen. Im Moment sollten wir darüber nachdenken, wie es mit ihr weitergeht."

Mama zeigt wenig Verständnis. „Das hättest du dir vielleicht überlegen sollen, bevor du sie zu dir holst."

„Da gab es nichts zu überlegen", widerspreche ich. „Sie braucht Hilfe!"

Papa sieht das wie ich. „Das ist sehr lobenswert, mein Junge. Wie willst du ihr denn helfen?" Bevor ich antworten kann, schaut er zu Jenny. „Und was bist du bereit zu tun?"

„Wir dachten, vielleicht habt *ihr* eine Idee?", antworte ich.

„Ich will Arbeit suchen", verspricht Jenny. „So schnell wie möglich will ich arbeiten, um Jannik nicht unnötig zur Last zu fallen. Er macht so viel für mich, das will ich nicht ausnutzen."

„Das ist gut, dass du unabhängig werden willst", lobt Mama sie. „Hast du denn etwas gelernt?"

„Naja, ich bin mit der Schule fertig."

„Also nichts." Mama zeigt sich enttäuscht. „Na, da müssen wir wohl mit einer längeren Dauer rechnen. Bevor du selbst etwas verdienst, kannst du dir ja keine eigene Wohnung leisten."

„Das ist mir auch klar. Ich werde gleich morgen zum Arbeitsamt gehen, und nach einem Job fragen."

„Als wenn die nur auf dich warten!"

„Ich weiß, es wird schwierig werden, aber vielleicht haben die ja etwas. – Was macht ihr denn eigentlich?"

„Ich arbeite in einer Bäckerei in der Karlstraße und Klaus in der Personalabteilung im Autowerk. Ich glaube aber nicht, dass die etwas für dich haben."

Flüsternd wendet sich Papa an mich. „Willst du sie denn überhaupt loswerden? Sie ist doch sehr hübsch und scheint nett zu sein."

Mein Gott, wenn Jenny das mitbekommt! Kann ich frei antworten? Zum Glück ist sie mit Mama im Gespräch. „Ich weiß nicht. Vor allem will ich ihr helfen."

Er nickt. „Das ist gut. Frauen in Not, muss man helfen. Du hast völlig Recht!"

Jenny wird neugierig. „Womit hat er Recht?"

„Jannik will dir helfen. Das ist richtig und wir werden euch unterstützen."

Mama scheint genauso überrascht zu sein, wie ich. „Wie willst du das machen, Klaus?"

„Uns wird schon etwas einfallen." Er richtet sich an Jenny. „Hast du schon mal gearbeitet?"

„Ja, als Bedienung in einer Kneipe. Es war aber ganz schön hart, immer wieder mit Betrunkenen umgehen zu müssen."

Er sieht Mama an. „Fällt dir dazu etwas ein, Tina?"

Sie überlegt. „Es wird gerade eine Bedienung im Café gesucht."

Jenny hakt nach. „Was für ein Café?"

„Das Café ist der Bäckerei angeschlossen, in der ich arbeite. Ich könnte morgen mal fragen."

Jenny wirkt erstaunlich skeptisch. „Wärst du meine Vorgesetzte?"

„Nein", lacht Mama, „keine Sorge. Wir hätten nur den gleichen Chef, würden aber an verschiedenen Stellen arbeiten."

Endlich strahlt Jennys Gesicht in ganzer Schönheit. „Dann frag bitte nach. Ich kann das wirklich!"

Kein Job ohne Zeugnis

„Du kannst dich gleich morgen bewerben. Pack deine Zeugnisse zusammen und komm morgen früh mit, wenn ich zur Arbeit fahre."

Jenny sackt schlagartig in sich zusammen, als hätte man ihr einen Eimer Wasser über den Kopf geschüttet. Die eben noch so gute Laune ist Verzweiflung gewichen. „Meine Zeugnisse?"

Hoffentlich hat sie die überhaupt.

„Was denn? Sind die so schlecht?"

„Nein, aber – die sind bei meinen Eltern."

Oje, das darf nicht wahr sein!

„Die brauchst du natürlich."

„Aber mein – Vater – lässt mich nicht ins Haus und lehnt jedes Gespräch ab."

„Das stimmt", bestätige ich. „Ich habe miterlebt, wie er sie verjagt hat. Es war unglaublich. Mit einer Heckenschere hat er sie bedroht, als wolle er sie umbringen."

Jenny bestätigt das und spielt es vor. Auch vom tatenlosen Zusehen ihrer Mutter erzählt sie.

„Nicht zu fassen!" Mama hält entsetzt ihre Hand vor den Mund.

Papa schüttelt den Kopf. „So geht das nicht! Jenny, dein Vater muss auf jeden Fall dein Eigentum herausgeben. Notfalls musst du die Polizei rufen."

„Das kann ich nicht", schluchzt sie verängstigt. „Er rastet schon jetzt jedes Mal aus, wenn er mich sieht.

Wenn ich mit der Polizei komme, wird er das nie verzeihen. Es würde alles noch schlimmer machen."

Geht es noch schlimmer? Klar, dass sie Angst hat.

„Ich bin mir sicher, Jannik wird dich gerne begleiten."

Erschrocken sehe ich meinen Vater an. Ich könnte mir Schöneres vorstellen.

Offensichtlich Hoffnung schöpfend, schaut Jenny für einen Moment zu mir, doch im nächsten Moment äußert sie Zweifel. „Er würde Jannik nur für meinen nächsten Freund halten. Außerdem ist er gewalttätig. Er bringt alles fertig, wenn er sich aufregt!"

Papa kann sich das nicht vorstellen. „So schlimm wird es schon nicht sein und wenn es wirklich bedrohlich wird, ruft ihr die Polizei."

Mir wird mulmig. „Na, das kann ja heiter werden."

„Es muss sein, Jannik. Du bist erwachsen und musst einer Frau in Not beistehen. Das ist einfach so!"

Zum Glück sieht Mama das etwas anders. „Aber wenn Jennys Vater wirklich gewalttätig ist, Klaus? Wenn er schon Jenny gegenüber so ausflippt, fühlt er sich durch einen Mann womöglich zusätzlich bedroht und wird noch gefährlicher. Bring den Jungen nicht in eine solche Situation!"

„Der Typ wird ihn schon nicht umbringen, Tina."

„Aber das ist zu gefährlich, für den Jungen."

Kann sie sich vielleicht endlich daran gewöhnen, dass ich kein kleiner Junge mehr bin? „Nein", widerspreche ich, „das werde ich schon schaffen. Ich werde Jenny begleiten und mit ihr die Zeugnisse holen!" Hoffentlich geht das gut.

„Toll!", jubelt Jenny aufgeregt. „Vielen Dank, Jannik." Vor Freude gibt sie mir einen Kuss auf die Wange.

Ihre zarten Lippen schmeicheln meiner Haut. Ist das ein erstes Zeichen ihrer Zuneigung? – Nein! Ich darf mir nichts vormachen. Es war sicher nur ein spontaner Ausdruck der Freude.

„Hoffentlich weißt du es zu schätzen, dass Jannik für dich so ein Risiko eingeht", mahnt Mama.

„Oh, das weiß ich." Jenny kann vor Glück gar nicht mehr stillsitzen. „Ihr seid wunderbar!"

„Morgen, nach Feierabend, hole ich dich ab und wir fahren zu deinen Eltern", verspreche ich.

Schließlich verabschieden wir uns von meinen Eltern.

Auf dem Weg nach nebenan lächelt Jenny mich an. „Und was machen wir mit dem restlichen Abend?"

Worauf will sie hinaus? „Ich zeige dir die Wohnung. Eine Art Bett müssen wir auch noch herrichten."

„Nochmal, vielen Dank, dass du mich aufnimmst."

Wir gehen ins Wohnzimmer. Es ist stickig. Sofort öffne ich das Fenster. „Hier kannst du schlafen."

Sie wirft nur einen kurzen Blick hinein. „Prima, und was hast du noch für Räume? Was ist hinter dieser Tür?"

Ausgerechnet danach fragt sie! Was soll ich bloß sagen? „Ja, das…" Hätte sie das Zimmer nicht übersehen können? „Da ist meine Modelleisenbahn." Einen Spalt breit öffne ich die Tür. Hoffentlich hält sie mich wegen der Anlage nicht für allzu kindisch.

Sofort geht sie hinein und staunt. „*Die* ist ja irre!"

Ganz genau betrachtet sie den Bahnhof mit dem Betriebswerk, die Altstadt mit ihren kleinen Fachwerkhäusern und den Berg mit der Burgruine im Hintergrund. „Gibt es dazu ein echtes Vorbild?"

„Das weiß ich nicht. Die Burg gibt es als Bausatz im Modelbahnhandel."

„Toll! So eine TT-Bahn im Maßstab 1:120 hat mein Alter auch. Früher durfte ich beim Bauen helfen."

Oh, sie kennt sich aus! „Die Anlage passt genau ins Zimmer. Zum Glück ist die Wohnung genauso geschnitten, wie die meiner Eltern, so konnten wir sie gut hierher umsetzen. Drüben war das mein Kinderzimmer."

Sie sieht sich kurz um. „Und wo hast du geschlafen?"

„Damals war die Anlage nicht ganz so groß. Diesen Bereich", ich weise auf einen Abschnitt mit unvollständig gestalteter Landschaft, „habe ich erst jetzt angefügt."

Wie gebannt bleibt ihr Blick an dem kleinen Waldsee hängen. Die Landschaft mit dem kleinen Dorf und der Schafherde beeindrucken sie wohl. Die ist mir recht gut gelungen. „Ist dir der Hirsch am Waldrand aufgefallen?"

„Mensch, toll, Jannik. Ein echter Traum! Unsere Anlage ist viel kleiner und besteht vor allem aus Schienen und Zügen mit etwas Dekoration, aber bei dir entdeckt man ständig neue Details. – Was entsteht denn hier?"

„Da will ich eine Nebenbahn in ein Gebirge führen. In meinem alten Zimmer war an dieser Stelle mein Schreibtisch."

„Darf ich dir beim Bau helfen?"

Teilt sie dieses Hobby mit mir? Das wäre ja super. „Traust du dir das zu?"

„Na klar, kann ich das. Früher half ich immer begeistert bei der Gestaltung."

„Tja, wenn du willst, gerne."

„Prima. Jetzt zeig mir noch die anderen Räume."

„Na, klar." Die Besichtigung geht weiter. „Hier ist die Küche und hier mein Schlafzimmer."

Interessiert sieht sie hinein. „Hier hast du also mit Svenja die Nächte verbracht?"

Svenja wieder! „Natürlich." Lieber würde ich an etwas anderes denken.

„Ein schönes großes Bett, hattet ihr."

Ist das nur Neugierde? „Wenn du willst, kannst du hier schlafen. Ich lasse dich auch in Ruhe."

Für einen Moment lacht sie auf. „Nein, lass mal. Ich wüsste mich schon zu wehren, aber ich will ja nicht, dass du dich in mich verliebst. Wenn ich wieder ausziehe, wäre das nicht gut."

Das stimmt. Auf Jenny darf ich nicht hoffen. Ich weiß, ich bin nicht ihr Typ. Bestimmt wird sie bald jemanden finden, der ihr schöne Augen macht, sie verwöhnt, auf Partys führt und letzten Endes nichts taugt. Na, wie sie will. „Dann sollte ich wohl das Wohnzimmer herrichten."

„Klar. Kann ich dir helfen?"

„Nein, das geht schon."

Schnell die Couch ein Stück von der Wand rücken, um die dahinter verborgene Matratze herauszuheben. Der Tisch ist im Weg. Mit dem Fuß schiebe ich ihn beiseite. Wozu mache ich das alles? Sie wird bald wieder gehen. Worauf habe ich mich da nur eingelassen?

„Was machst du da?"

„Hinter der Couch ist eine Matratze versteckt", grummle ich. „Man kommt schlecht ran."

„Warte, ich helfe dir."

„Nein, du bist mein Gast und Gäste bedient man."

„Red' keinen Quatsch, ich mach das gern."

Wenn sie anfängt zu helfen, gewöhne ich mich nur an sie. Das würde den Abschied noch schlimmer machen. „Du weißt doch gar nicht, wo die Dinge sind." – Mein Gott ist diese Matratze unhandlich! Mühsam wuchte ich sie heraus und lege sie vor den Wohnzimmertisch.

„Zeig mir doch alles."

„Wozu? Du willst ja möglichst schnell wieder weg."

Aus dem Schlafzimmer hole ich die Bettwäsche.

Zurück im Wohnzimmer, reckt mir Jenny die Arme entgegen. „Danke, das Bett beziehe ich."

„Lass mal, das mache ich auch noch."

Enttäuscht sieht sie mich an. „Aber ich will dir helfen! Ich werde wahrscheinlich eine Weile bleiben müssen, da will ich dir nicht mehr als nötig zur Last fallen."

Das wird sich kaum vermeiden lassen. Na ja, im Grunde kann sie ihr Bett wirklich selbst beziehen. Was habe ich damit zu tun? „Gut, dann mach das." Spontan lasse ich das Bettzeug vor ihr zu Boden gleiten.

„Was soll denn das jetzt?", fragt sie mit verständnislosem Tonfall. „Bist du sauer auf mich?"

Für einen Moment starre ich sie an. Das will ich nicht zugeben. Schnell versuche ich ihrem Blick auszuweichen. „Ach, Jenny, glaubst du, ich würde das alles für eine Fremde machen?"

„Nein, bestimmt nicht. Du machst es für mich, weil du ein netter Kerl bist und wir uns schon so lange kennen."

„Ja. Da habe ich was von."

Etwas verzögert reagiert sie. „Mensch, Jannik, bist du etwa wirklich in mich verknallt?"

Entsetzt starre ich sie an. Natürlich bin ich das. Wie könnte es anders sein? Aber kann ich das zugeben? Unsicher den Kopf schüttelnd sehe ich sie an. „Nein, natürlich nicht. Alle anderen waren immer auf dich scharf, aber ich doch nicht." Ich werde sicherer. „Ich hätte ja nie eine Chance gehabt."

„Du hattest Svenja", ergänzt sie.

Ich nicke. „Ja, Svenja. Mit der habe ich schon als Kind gespielt. Wir waren fast wie Geschwister, sonst wäre ich nie mit ihr zusammengekommen. Bei anderen Frauen konnte ich ja nicht landen. *Du* hattest mich nicht mal wahrgenommen. Stattdessen hast du dich von einem nach dem anderen anbaggern lassen und dich gewundert, dass du bei keinem die Letzte warst. Kaum zu glauben, dass du vor Alex mit niemandem intim warst."

Erschrocken starrt sie mich an. Ihr leicht geöffneter Mund wirkt, als wisse sie nicht, was sie sagen soll. Sie geht um den Wohnzimmertisch herum und lässt sich auf die Couch fallen.

Was habe ich getan? Ihr vorzuwerfen, dass sie sich von jedem anmachen ließ, war ein Fehler. Bitte nicht weinen, Jenny. Zögerlich setze ich mich neben sie. „Entschuldigung. Ich bin zu weit gegangen. Das wollte ich nicht."

„Ist schon gut", antwortet sie traurig. „Vor Alex war ich wirklich mit keinem im Bett. – Erinnerst du dich an Leon? Der wirkte erst so cool, wusste aber kaum etwas mit mir anzufangen. Das war alles nur Fassade. Dann habe ich mich auf Partys nach reiferen Jungs umgeschaut. – Verrate mir aber bitte mal, woran ich deine Gefühle hätte erkennen können?"

Das konnte sie wirklich nicht. Verschämt meide ich den Blickkontakt. „Stimmt. Ich habe mich nie getraut, sie dir zu zeigen."

Sie beruhigt sich. „Wir haben beide einiges falsch gemacht."

Da hat sie Recht. Ich nicke kurz, reiche ihr ein Kopfkissen und beziehe die Bettdecke.

„Jetzt tut es mir besonders leid, dass ich bei dir unterkommen muss. Ich will dich nicht enttäuschen."

„Kein Problem", sage ich kopfschüttelnd. „Wir wissen woran wir sind und können uns darauf einstellen. Ich habe versprochen zu helfen und mache das auch."

„Danke", sagt sie mit treuherzigem Augenaufschlag.

Wie kann man ihr nur böse sein, mit diesem schrecklichen Vater? „Morgen begleite ich dich zu deinen Eltern. Du musst keine Angst haben, dir kann nichts passieren. Notfalls rufe *ich* die Polizei, damit *dir* das später niemand vorwerfen kann."

„Du bist ein Schatz", jubelt sie. Sie umarmt mich und gibt mir einen Kuss auf die Wange. Ist das Zuneigung? Nein, es wird Dankbarkeit sein. Mehr nicht. Da darf ich mir nichts einbilden.

Ich sollte mich zurückziehen, es ist spät. „Wir sollten schlafen gehen", schlage ich vor.

Sie will zuerst ins Bad.

Hoffentlich geht das schnell. Wir verabschieden uns für die Nacht. Um ihr freie Bahn zu lassen, ziehe ich mich ins Schlafzimmer zurück. Das Rauschen der Dusche dauert zum Glück nicht lange. Bald verlässt sie das Bad und schließt die Wohnzimmertür.

Endlich kann ich auch duschen. Danach schnell ins Bett. Was für ein Tag! – Da klopft es an der Tür.

„Was ist denn?"

„Darf ich reinkommen?", fragt Jenny.

„Ja, klar."

In T-Shirt und Slip steht sie lächelnd vor mir. Ihre blonden Locken sind trocken geblieben. Locker fließen sie über ihre Schultern. „Ich wollte dir nochmal danken, für alles, was du tust."

„Ach, ist schon gut."

Sie setzt sich auf meine Bettkante. „Wenn du willst, können wir ein bisschen Spaß haben."

„Oh!" Nichts lieber als das, aber nur aus Dankbarkeit? „Lieber nicht, Jenny. Es wäre sicher wunderschön mit dir, aber..." Wie begründe ich das nur?

Sie scheint irritiert. „Aber?"

„Wenn es nicht aus Liebe ist, möchte ich das nicht. Du sollst dich nicht für mich prostituieren."

„Was?", schreit sie kurz auf. „Ich nehme doch kein Geld dafür!"

„Das nicht, aber wäre Liebe als Gegenleistung für einen Gefallen etwas anderes?"

Sie steht auf. „So ein Quatsch! Alles, was man für andere tut, macht man, weil man sich etwas erhofft, und sei es nur, ein gutes Gewissen. Ich hätte gerne mehr für dich getan, aber wenn du nicht willst..." Sie wendet sich zur Tür.

„Hey, Jenny, bitte sei nicht beleidigt. Wenn Liebe nicht auf Gegenseitigkeit beruht, macht sie nur Kummer. Das möchte ich uns ersparen."

Für einen Moment sieht sie zu mir zurück. „Du bist ein seltsamer Kerl, aber ein netter. Schlaf gut." Sie geht und schließt die Tür hinter sich.

Hätte ich auf ihr Angebot eingehen sollen? Eine wunderschöne Frau sitzt auf meiner Bettkante und ich weise sie ab? Bin ich noch zu retten? Von sich aus wird sie es bestimmt nicht wieder anbieten. Verdammt! Und ich werde mich nicht trauen, sie darum zu bitten!

Wenn sie nur ein bisschen in mich verliebt wäre. Sie könnte hier wohnen bleiben. Wir könnten ein schönes Leben führen. Wenn ich nach der Ausbildung übernommen werde und Jenny einen Job in Mamas Café bekommt, hätten wir ein gutes Auskommen. Wir könnten uns Reisen leisten und sparen. Vielleicht wären eines Tages auch ein Haus und Kinder möglich.

Ach, was denke ich darüber nach? Bei Svenja sah es viel mehr danach aus, aber es hat trotzdem nicht geklappt. Jenny will mich nicht! Ihr Angebot kam aus Dankbarkeit. Schon in der Schule wusste jeder, dass sie nur auf die sportlichen Typen steht.

Soll ich mich in einem Fitness-Center anmelden? – Für Jenny? – Nein. Das hat keinen Sinn. – Ob es bei Svenja geholfen hätte?

Verdammt, immer wieder denke ich an sie! Wie komme ich nur darüber hinweg? Könnte mir Jenny dabei helfen? Die Chance hatte ich gerade!

Sollte sie sich doch in mich verlieben? Würde sie mir treu bleiben? So untreu, wie alle sagen, ist sie sicher nicht. Sie hat eine Menge Pech gehabt. Mit mir hätte sie es besser. Oder würde ich sie auch enttäuschen? Was erwartet sie vom Mann?

Ein Blick auf den Wecker lässt mich erschrecken. Viel zu lange liege ich schon wach.

Kaum schließe ich die Augen und meine Gedanken verschwimmen, sind bereits Stunden vergangen. Laut schnarrend reißt mich der Wecker aus dem Tiefschlaf.

Ins Wohnzimmer muss ich nicht. Jenny kann ruhig ausschlafen. Ein schnelles Frühstück genügt.

Erst kurz bevor ich gehe, klopfe ich an ihre Tür.

„Hm, ja?", knurrt sie verschlafen.

Durch den geöffneten Türspalt begrüße ich sie. „Guten Morgen, Jenny, ich muss gehen. In der Küche steht Frühstück. Nimm dir, was du brauchst."

Ein müdes „Danke" entrinnt ihrem Mund, während sie sich im Halbschlaf umdreht.

Im Autowerk habe ich Mühe, mich zu konzentrieren. Jenny geht mir nicht aus dem Kopf. Wenn wir ihre Zeugnisse haben und das Problem mit ihren Eltern gelöst ist, wird sie bestimmt dankbar sein. Darf ich hoffen, dass sich ihre Dankbarkeit in Liebe wandelt?

Besser nicht! Jenny wird wieder ausziehen, und ich muss mein Leben in Ordnung bringen. – Zunächst muss ich aber ihres regeln. Heute Abend fahren wir zu ihren Eltern. – Wenn das nur gut geht!

In der Höhle des Löwen

In der Mittagspause läuft mir mein Vater über den Weg. „Willst du immer noch Jenny helfen?"

Mit einem Rückzieher würde ich mich zum Feigling machen. „Auf jeden Fall!", sage ich fest entschlossen.

„Gut. Erwarte aber lieber nichts von ihr. Ich glaube nicht, dass sie Gefühle für dich entwickeln wird."

„Mag sein, aber ich kenne sie schon ewig und will ihr helfen."

„Alle Achtung, aber hast du dir überlegt, wo ihr Jennys Sachen unterbringen wollt? Es wird ja nicht bei ihren Zeugnissen bleiben."

Gute Frage. „Nein, das weiß ich noch nicht."

„Vielleicht könnt ihr bei uns, in deinem alten Zimmer, etwas unterbringen. Frag mal deine Mutter. Am besten, ihr kommt heute Abend erstmal vorbei und fahrt anschließend zu Jennys Eltern."

„Gute Idee."

Anders als sonst scheint der Feierabend heute früher zu kommen, als mir Recht ist. Selten war ich so nervös auf dem Weg nach Hause. Wie wird das mit Jennys Eltern ablaufen? Ob sie sich auch Gedanken macht?

Noch bevor ich die Wohnungstür aufschließen kann, öffnet sie sich. Jenny muss am Fenster gewartet haben. Es wird ihre Spannung gewesen sein, die sie dazu gebracht hat, aber kaum Zuneigung.

„Hallo, Jannik, schön, dass du da bist. – Ich bin ganz schön nervös."

„Sollen wir unser Vorhaben lieber verschieben?"

„Nein, auf keinen Fall. Worauf sollten wir warten? Lass uns losfahren."

„Wir sollten nochmal zu meinen Eltern gehen. Du hast ja sicher noch weitere Sachen, die wir irgendwo unterbringen müssen. Vielleicht kommt dafür mein altes Kinderzimmer in Frage."

„Meinst du, das geht?"

„Ich denke schon. Wir sollten mal fragen."

„Na, dann los! Worauf wartest du?"

Ohne zu zögern, brechen wir auf.

„Übrigens hast du mir ein wunderschönes Frühstück gemacht. Vielen Dank."

„Ach, das war nichts Besonderes."

„Doch, wirklich. Es tut mir leid, dass ich nicht mit dir gegessen habe. Morgen stehe ich früher auf."

Morgen. Ja, es wird noch viele Morgen mit ihr geben. Selbst wenn sie schnell Arbeit findet, wird es dauern, bis sie eine eigene Wohnung hat. Hoffentlich bekommen wir überhaupt ihre Zeugnisse.

Kurz darauf stehen wir vor meinem Vater.

Freundlich lächelnd begrüßt er uns. „Hallo, ihr beiden. Deine Mutter ist noch nicht hier. Wollt ihr noch was essen?"

„Dazu bin ich viel zu nervös", gestehe ich.

Papa nickt. „Das kann ich verstehen."

Unten klappt die Haustür. Mama kommt nach Hause. In der Wohnung berichtet sie von ihrem Tag. „Stellt euch

vor: Das kann klappen, mit dem Job! Der Chef sucht tatsächlich eine Bedienung und Kneipenerfahrung wäre
durchaus hilfreich."

Jenny ist begeistert. „Mensch, Tina, das ist ja toll.
Wann kann ich anfangen?"

„Gleich morgen, wenn du deine Zeugnisse hast."

Bevor Jennys gute Laune wieder in Sorgen umschlägt,
wechsle ich das Thema. „Wir wollten noch über Jennys
Sachen reden."

„Stimmt", setzt Papa das Gespräch fort. „Was meinst
du, Tina? Können die beiden nicht ein paar Sachen in
Janniks altem Zimmer unterbringen?"

„Oje, das ist doch jetzt unser Gästezimmer."

„Wann haben wir denn Gäste? Die beiden brauchen
Platz!"

„Ja, gut, wenn es sein muss. – Und ihr wollt wirklich
jetzt los?"

Von Wollen kann gar keine Rede sein.

„Ja, klar", jubelt Jenny. „Wir sollten das so schnell
wie möglich hinter uns bringen, bevor der Alte sich wieder betrinkt."

„Trinkt er gelegentlich?", frage ich.

„Nur abends. Da wird er noch unausstehlicher."

„Geht es noch schlimmer?"

„Zumindest hat er noch keinen umgebracht", antwortet sie, was mich aber kaum beruhigt. „Er hat zwar mal
jemanden krankenhausreif geprügelt, aber das ist lange
her."

„Das ist ja furchtbar!" Mama hält sich schockiert die
Hand vors Gesicht.

„Außerdem war er da betrunken", ergänzt Jenny.

Na, herrlich! „Und abends trinkt er?"

„Nicht jeden Abend. Außerdem ist es dann meistens später. Du hilfst mir doch trotzdem?"

Gegen einen Choleriker, der im Suff andere ins Krankenhaus prügelt? Ich zögere.

Mama schüttelt den Kopf.

Mein Vater kommt mir jedoch mit einer Antwort zuvor. „Klar hilft er dir. Ehrensache!"

„Was?", ruft Mama erschrocken. „Zu diesem Wahnsinnigen? Bist du verrückt?"

„Das hat er schließlich versprochen!"

Habe ich das? Was ist da nur in mich gefahren?

„Und, Jannik, wenn es gefährlich wird schnappst du dir Jenny und läufst mit ihr weg. Lass sie aber keinesfalls im Stich!"

Das wird mir alles zu viel. Zögernd sehe ich Jenny an. „Es tut mir leid, aber wir lassen das wohl besser."

Mama atmet erleichtert aus. „Gott sei Dank."

Jennys entsetzter Blick fesselt mich. Ihr Mund öffnet sich, ohne dass sie etwas sagt. Sie findet jedoch schnell wieder Worte. „Bitte Jannik!", fleht sie. „Selbst der Andi hat mich in Leipzig zu Dennis begleitet. Der war ihm auch nicht gewachsen, aber er hat einiges bewirkt."

Dieser Andi wieder. Sie hätte ihn gleich nach Dresden begleiten sollen. Er ist zwar doppelt so alt wie sie, aber wird wie ein Held verehrt. „Der kannte Dennis nicht."

„Er hat aber geholfen, als ich in Not war."

Ja, ja, eine Frau in Not. Immer dieselbe Leier.

„Und jetzt hilft dir Jannik", beschließt Papa. Eigentlich ist es ein Befehl. „Jannik, du bist kein Feigling! Du hast es versprochen!"

„Klaus!", schimpft Mama, doch mehr Widerspruch kommt nicht.

Nein, ein Feigling will ich nicht sein. Schon gar nicht vor Jenny! Entschlossen atme ich tief durch. „Gut, dann mache ich das eben."

Nun freut sich Jenny wieder. „Danke, Jannik. Er wird dich bestimmt nicht umbringen."

Nun habe ich mich wieder überreden lassen. Bin ich noch zu retten?

„Ich tue, was ich kann", flüstere ich unsicher.

„Danke, Jannik", säuselt Jenny. Zu meiner Überraschung umarmt sie mich. „Ohne dich würde ich mich auf keinen Fall dorthin trauen."

„Ja, ist schon gut", murmle ich leise.

„Nein, das ist nicht gut!", widerspricht Mama und wendet sich an Papa. „Wenn Jennys Vater so gefährlich ist, können wir die beiden unmöglich zu ihm lassen!"

„Er hat es aber versprochen, Tina."

„Ja, gut, aber wir können es ihm verbieten, Klaus."

„Er ist volljährig!"

„Na und? Er ist trotzdem mein Kind! Ich lasse ihn nicht allein zu diesem Tyrannen fahren."

„Komm halt mit", wirft Jenny schlagfertig ein. „Zu Frauen ist er meist sehr charmant, zumindest wenn sie nicht zur Familie gehören."

„Meinst du?" Mama fasst sich ans Kinn und überlegt. „Naja, Jennys Mutter hatte ich auf Elternabenden kennen gelernt. Vielleicht kann ich mit ihr reden."

Na toll. Was soll Jenny denken, wenn es nicht ohne Mama geht? „Lass mal, das ist nicht nötig. Wir schaffen das auch allein."

„Wieso?", widerspricht Jenny. „Vor deiner Mutter wird sich der Alte vielleicht besser benehmen." Ihr Blick wandert zu Mama. „Ich glaube aber nicht, dass *meine* Mutter zu Wort kommen wird."

Mama winkt jedoch ab. „Egal. Hauptsache, wir riskieren nicht Janniks Gesundheit."

„Es kann gut sein", bestätigt Jenny, „dass es mit dir weniger gefährlich ist."

Papa wird nachdenklich. „Weniger gefährlich?", murmelt er vor sich hin. „Soll Jannik zwei Frauen beschützen müssen, Jenny? Seine Mutter und dich? Während ich gemütlich zu Hause bleibe? Nein! Unter diesen Umständen komme ich auch mit!"

Das wird ja immer besser. Die Eltern regeln die Probleme ihres Kindes. Ich bin kein Kind mehr! So geht das nicht! „Nein, Papa, das schaffen wir schon."

Auch Jenny ist dagegen. „Lieber nicht, Klaus. Die vielen Fremden würden ihn nur noch wütender machen. So erreichen wir gar nichts."

„Seid ihr sicher?"

„Ich werde schon auf Mama und Jenny aufpassen", versichere ich. Wie sieht es denn aus, wenn meine Eltern alles für mich erledigen?

Papa nickt. „Gut. Ihr solltet euch auf den Weg machen. Wenn ihr die Polizei braucht, kann es dauern und wir müssen morgen alle früh raus. Geht aber kein Risiko ein und zögert nicht sie zu rufen."

„Ganz bestimmt nicht", versichert ihm Mama, bevor wir zu dritt aufbrechen.

Wohl fühle ich mich nicht, als ich mich ans Steuer setze. Mama sitzt neben mir, Jenny hinten.

Schweigsam fahren wir die Mühlhäuser Straße hinunter und durch die Altstadt. Über Wartburgallee und Fritz-Koch-Straße geht es hinauf ins Südviertel. Langsam fahren wir an dem schmiedeeisernen Gartenzaun vorbei. Niemand ist zu sehen, das Haus wirkt ruhig. Ein Stück weiter parken wir.

Mama schaut sich das Anwesen an. „Keine schlechte Villa! – Jenny, wie heißt doch gleich deine Mutter mit Vornamen?"

„Simone, wieso?"

„Danke." Sofort geht sie zur Gartentür und klingelt.

„Sollten wir nicht erst eine Strategie absprechen, Mama?"

„Bleib zurück, damit er euch nicht gleich sieht. Lass mich mal machen."

Sie reißt die Handlung an sich! Dabei wollte *ich* Jennys Probleme lösen. Hoffentlich weiß sie, was sie tut.

„Heinzi, es hat geklingelt", ruft eine Frauenstimme aus dem Fenster.

Jenny versteckt sich hinter meinem Rücken. Ich trete ebenfalls ein Stück beiseite, um das Geschehen unauffällig durch die Gartenhecke beobachten zu können.

Ihr Vater kommt ums Haus herum, mit grüner Latzhose und Strohhut. „Ja, bitte?"

„Ja, guten Tag, ich bin die Tina. Ihre Frau kennt mich. Kann ich sie mal sprechen?"

„Die kann jetzt nicht, sie ist in der Küche. Wer sind Sie denn? Und um was geht es überhaupt?"

„Es geht um meinen Sohn, Jannik, der war ein Klassenkamerad Ihrer Tochter. Simone kennt mich von den Elternabenden."

„Wie gesagt, die kann jetzt nicht, und unsere Tochter lebt nicht mehr hier. Keine Ahnung, wo die sich herumtreibt. Im Moment müssen Sie schon mit mir vorlieb nehmen."

„Naja, es geht schon auch um ihre Tochter. Mein Sohn hat sie aufgenommen und sie will ihre Sachen haben."

Mit einem Mal lacht er laut auf. „Bei Ihrem Sohn ist sie? Na, da kann man ja nur gratulieren. Ein sauberes Früchtchen hat er sich da ausgesucht. Wie lange glaubt er denn, wird sie bei ihm bleiben?"

„Das ist allein die Sache unserer Kinder und geht mich nichts an."

„Warum sind Sie dann hier?"

„Weil ich helfen will. Jenny braucht ihr Eigentum."

„Und sie ist natürlich zu feige selbst hierher zu kommen!" Er schüttelt den Kopf. „Hören Sie mal, wenn Ihnen das Wohl ihres Sohnes am Herzen liegt, sagen Sie ihm, dass er sie so schnell wie möglich in den Wind jagen soll. Sie wird ihn nur unglücklich machen. Sie ist untreu und taugt absolut nichts."

Das war offenbar zu viel für Jenny. Mit einem Mal springt sie nach vorne. „Ich bin weder feige noch untreu! Du hättest mich gestern mit der Heckenschere fast umgebracht!"

Erschrocken zuckt er zusammen und richtet sich sofort gegen Jenny. „Was ist denn das jetzt? Deine Frechheiten höre ich mir nicht an! Verschwindet sofort alle beide von meinem Grundstück!"

Jenny wird leiser. „Ich will nur meine Sachen haben."

Jetzt werde ich einschreiten müssen, wenn ich nicht als Feigling hier zurückbleiben will.

Der Alte pöbelt weiter. „Hier gibt es nichts zu holen. Alles, was noch hier ist, wurde mit meinem Geld bezahlt, also haut endlich ab." Mit erhobener Hand nähert er sich Jenny.

Das kann ich nicht zulassen! „Lassen Sie Jenny und meine Mutter in Ruhe!"

„Oh, natürlich, der Junior ist auch noch da. Sonst noch wer? Vielleicht noch der Vater?"

„Nein, und Sie haben nicht das Recht Ihre Hand gegen die Frauen zu erheben!"

Er lacht. „Na, da hast du dir ja einen schönen Helden ausgesucht, Jenny, der erstmal seine Mutter vorschickt, bevor er sich selbst zeigt." Mit einer schnellen Drehung wendet er sich wieder an mich. „Das hier ist mein Grundstück und ihr habt hier alle nichts verloren." Er geht ein paar Schritte zurück.

Jenny widerspricht ihm tapfer. „Er wollte gar nicht, dass sie mitkommt und er ist ausgesprochen nett und hilfsbereit."

„Das interessiert mich nicht. Verschwindet hier, aber ganz schnell!" Er greift nach einem Gartenschlauch und tritt an den Wasserhahn.

„Warum regen Sie sich denn so auf", fragt meine Mutter. „Wir wollen doch nur reden."

„Raus aus meinem Garten!", brüllt er lautstark. „Ihr bekommt alle eine Anzeige wegen Hausfriedensbruch!"

Inzwischen erscheint Jennys Mutter an der Haustür. „Heinzi, was ist denn los?"

„Ich muss gerade etwas Ungeziefer verjagen." Er dreht das Wasser auf.

Mama starrt ihn voller Entsetzen an. „Das können Sie nicht machen!"

Er kann!

Schützend stelle ich mich vor meine Mutter.

Jenny verbirgt sich hinter ihr.

Das Wasser spritzt aus dem Schlauch und wird auf uns gerichtet.

„Haut ab und lasst euch hier nie wieder sehen!"

Sofort rennt Jenny zur Straße.

Mama verharrt noch einen Moment voller Entsetzen, bevor auch sie lossprintet.

Mich trifft die volle Kraft des Strahls. Natürlich sause ich ebenfalls zur Straße, aber die Nässe prasselt unbeirrt auf meinen Rücken.

„Heinzi, lass das lieber!", höre ich Jennys Mutter rufen, doch das interessiert ihn nicht.

Er spritzt sogar durch die Hecke, bis auf die Straße. Es tropft von mir herab. Wir sind alle ziemlich nass, aber zum Glück ist der Tag sommerlich warm.

Endlich verschwindet der Irre im Haus.

Sofort greife ich zum Smartphone. Zum Glück ist es relativ trocken geblieben. „Jetzt rufe ich die Polizei!"

Bis kurz darauf zwei Beamte, ein älterer Polizist und eine jüngere Kollegin erscheinen, verringert sich unsere Aufregung nur wenig.

„Haben Sie uns gerufen?", fragt der Mann. „Sie sind ja ganz nass."

Sofort erkläre ich ihm, warum wir hier sind und was vorgefallen ist. Natürlich reden auch Mama und Jenny dazwischen, es geht etwas durcheinander.

„Bitte einer nach dem anderen", ermahnt der Polizist. „Wer von Ihnen hat uns gerufen?"

„Ich", antworte ich selbstbewusst.

„Dann erklären Sie uns bitte allein, was passiert ist."

Während ich das tue, lässt sich die Polizistin von Jenny und Mama die Ausweise zeigen.

Nach Feststellung der Personalien spricht sie ihren Kollegen an. „Die junge Frau ist hier polizeilich gemeldet. Das ist ihr Elternhaus, aber ihr Vater lässt sie nicht hinein und weigert sich ihr Eigentum herauszugeben."

„Er hat uns mit einer Anzeige wegen Hausfriedensbruch gedroht", ergänzt meine Mutter. „Kann er das?"

Verständnislos schüttelt der Beamte den Kopf. „Die junge Dame nicht, die ist hier gemeldet. Sie dagegen… Aber, er hat Sie nass gespritzt. Dafür könnten Sie ihn ebenfalls anzeigen." Er klingelt an der Gartentür.

Noch immer schlecht gelaunt erscheint Jennys Vater. „Wer ist denn da?", brüllt er.

„Polizei! Machen Sie bitte auf!"

Sofort tritt er uns entgegen. „Was wollen *Sie* denn?“, fragt er erstaunt. „Ich habe Sie nicht gerufen, aber die Gartentür ist offen.“

Der Polizist drückt die Klinke herunter und tritt ein. „Ist es wahr, dass Sie ihrer Tochter den Zugang zum Haus verweigern?“

„Sie ist volljährig und geht ihre eigenen Wege. Sie hat hier nichts mehr verloren.“

„Sie ist hier gemeldet und hat hier ihren Wohnsitz. Außerdem soll ihr Eigentum noch hier sein.“

Jennys Mutter schaut von der Haustür aus zu.

„Er hat uns eben mit seinem Gartenschlauch wegge-spritzt“, ergänzt Mama aufgeregt. „Wir sind alle nass geworden. Sehen Sie?“ Sie weist auf meine Jeans und mein T-Shirt, die noch nicht wieder trocken sind, sowie auf Jenny, die deutlich weniger nass wurde.

„Wollen Sie Anzeige erstatten?“, fragt die Polizistin.

Bevor Jenny reagieren kann, antworte ich. „Das kommt darauf an, wie ihr Vater sich jetzt verhält.“

„Das ist alles Unsinn“, widerspricht der Despot. „Ich wollte nur den Rasen wässern. Wegen ein paar versehent-licher Spritzer ruft ihr gleich die Polizei?“ Er dreht sich nach hinten. „Was sagt man dazu, Simone?“

„Sei halt nicht immer so grob, Heinzi.“

„Ich und grob?“, antwortet er aufgeregt. „Ich habe niemandem etwas getan. Aber diese Leute“, er weist auf uns, „haben Hausfriedensbruch begangen.“

Erstaunlich, wie ruhig der Polizist bleibt. „Ihre Toch-ter ist hier zu Hause, also kann sie hier keinen Hausfrie-densbruch begehen.“

Der Alte schimpft weiter. „Aber dieser junge Kerl und seine Mutter haben hier nichts verloren!"

„Das sind meine Gäste", widerspricht Jenny. „Wenn das immer noch mein Zuhause ist, kann ich doch Gäste haben, oder?"

Allmählich wird das der Polizei wohl zu viel. „Jetzt mal ganz ruhig!" Der Beamte schaut allen der Reihe nach ins Gesicht, bevor er sich um Jennys Eltern kümmert. „Könnte ich bitte mal ihre Personalausweise sehen? Nur fürs Protokoll."

„Oh, Gott, oh, Gott", jammert die Mutter, während sie sich ängstlich suchend abwendet. „Einen Moment bitte."

Der Vater zückt sein Dokument aus dem Portmonee und reicht es dem Polizisten.

Der geht damit zum Einsatzwagen. „Ich notiere das mal."

Der Alte folgt ihm.

Endlich erscheint auch Jennys Mutter mit ihrem Ausweis und reicht ihn mit zittrigen Fingern der Kollegin.

Kopfschüttelnd macht sie sich Notizen.

Tränen stehen in den Augen der Mutter. Sie sieht Jenny an. „Ach, Kind, wie konnte es nur soweit kommen?"

„Du hast ja nie etwas dagegen unternommen."

„Aber, Jenny, du weißt doch, wie dein Vater ist."

Was für ein Argument! „Man muss sich trotzdem nicht alles gefallen lassen!", widerspreche ich.

„Sie haben ja Recht, aber Sie kennen ihn nicht."

„Das muss ich auch nicht, um zu wissen, dass er zu weit geht."

Unter all ihren Tränen gelingt es ihr ein Lächeln hervorzuzaubern. „Sie sind bestimmt ein guter Mensch. Seien Sie bitte nett zu Jenny. Sie hat es nicht leicht gehabt."

Endlich kommt der Kollege mit Jennys Vater zurück und spricht mich an. „Ihren Ausweis habe ich noch nicht gesehen."

Ohne zu zögern, zeige ich ihn.

Er schreibt meine Daten in ein Notizbuch. „Jannik Ludwig, Ernst-Thälmann-Straße,…" Schließlich murmelt er nur noch vor sich hin.

Jennys Vater steht direkt neben ihm. Es wäre mir lieber, wenn dieser Verrückte hinterher nicht wüsste, wo wir wohnen.

Für einen Moment scheint er fast ein wenig zu grinsen. Er reißt sich aber zusammen, fasst sich an die Nase und schweigt. Führt er etwas im Schilde? Plant er Rache?

Die Polizistin spricht derweil Jennys Mutter an und bittet sie, uns zum Zimmer ihrer Tochter zu führen.

Sie geht voraus, wir folgen ihr nach oben.

Mit zornesrotem Kopf begleitet der Alte uns und muss es zulassen. „Ich wollte da oben schon längst alles entsorgen", grummelt er. „Leider bin ich noch nicht dazu gekommen."

„Da können Sie aber von Glück reden. Die Vernichtung fremden Eigentums wäre nämlich strafbar", erklärt ihm die Polizistin.

„So ein Quatsch! Das wurde alles von meinem Geld gekauft", rechtfertigt er sich.

Die Beamtin widerspricht. „Es ist ganz normal, dass Eltern für ihre Kinder Geld ausgeben und ihnen Dinge

zur Nutzung überlassen. Das sind de facto Schenkungen!
Also beruhigen Sie sich, sonst bekommen Sie noch richtig Ärger, Herr Lehmann."

Auf Jennys Lippen erkenne ich ein Lächeln. Es bereitet ihr Freude, mitzuerleben, wie ihr Vater blass wird.

Der Weg in ihr Zimmer führt durch ein Treppenhaus mit üppig geschnitztem Geländer. An der Stuckdecke hängt ein Kronleuchter, Ölgemälde zieren die Wände. Unglaublich, welch ein Reichtum hier vorhanden ist.

Ohne zu zögern, sucht Jenny in ihrem Zimmer die Zeugnisse heraus. Dabei bleibt ihr Blick an einer Sammlung von Plüschtieren hängen.

„Die können wir mitnehmen", sage ich leise.

Ihr kommt eine Träne. „Ach, Jannik. Das ist hier alles meine Kindheit, mein Leben! Sieh mal: Mein altes Puppenhaus. Oder meine Bücher. Die kann ich mitnehmen, aber meine Erinnerungen nicht."

„Gerade Erinnerungen kann dir niemand wegnehmen."

„Schon, aber den Blick aus dem Fenster? Den werde ich vermissen."

Aus der Dachgaube schaue ich über das Mariental. Vor uns erhebt sich die Wartburg fast aus gleicher Perspektive, wie vom Burschenschafts-Denkmal. Eine traumhafte Sicht!

Jenny wendet sich vom Fenster ab. In ihrem Setzkasten rückt sie eine Figur gerade, greift nach einer ihrer CDs und stellt sie wieder zurück. „Alles vorbei." Trauer schwingt in ihrer Stimme mit, Trauer um ein verlorenes Zuhause. „Aber auch, wenn ich hier nie mehr glücklich sein kann, will ich wenigstens mein Eigentum retten. Lass uns alles noch unten bringen."

Oje, das sind ja Berge! „Alles wird nicht ins Auto passen."

„Aber wir müssen jetzt alles mitnehmen! Der Alte hat uns doch nur reingelassen, weil die Polizei hier ist."

Die Polizistin erklärt jedoch die Lage. „Selbstverständlich können Sie mehrmals fahren. Ihre Eltern *müssen* Ihnen den Zugang ermöglichen, ansonsten rufen Sie uns wieder."

„Das werden wir, wenn es nötig ist", versichere ich, vor allem um Jenny zu beruhigen.

„Dankeschön", antwortet sie der Beamtin erleichtert und geht demonstrativ erhobenen Hauptes an ihrem Vater vorbei.

„Du Miststück!", raunzt er ihr dabei zu. „Deinem eigenen Vater mit der Polizei zu kommen."

„Mit der hast du auch immer gedroht. Außerdem kannst du ja nicht mehr mein Vater sein, wenn ich nicht mehr deine Tochter bin."

Der Alte zeigt mit seinem Finger auf mich, „Dir wird das noch leidtun. Dafür sorge ich schneller, als du denkst."

Sein eiskalter Blick lässt mich frieren. Wie will er das machen? Eine Anzeige wird ins Leere laufen.

Für Jenny hat er weniger Worte übrig. „Du elendes Stück Dreck."

In diesem Moment tritt der Polizist neben ihn. „Das war jetzt eine Beleidigung." Er wendet sich an Jenny. „Wollen Sie Anzeige erstatten?"

Ihr Blick irrt ratlos zwischen ihm, ihrem Vater und mir hin und her. „Was meinst du, Jannik?"

Ratlos zucke ich mit den Schultern. „Mich hat er bedroht, aber wird durch eine Anzeige irgendwas besser?"

Jenny rollt mit den Augen. „Er droht doch dauernd. Es könnte kaum schlimmer werden."

Regungslos hört der Vater zu.

Ihre Mutter ist in Tränen aufgelöst. „Ach, Jenny, ist nicht schon genug Unheil geschehen?"

„Nicht durch mich, Mutti."

„Nein, durch dich nicht." Endlich richtet sie sich ernsthaft an ihren Mann. „Heinz, du solltest dich vielleicht mal entschuldigen. Jenny ist und bleibt auch *deine* Tochter und die Polizei sagt, dass sie im Recht ist."

Irritiert sieht er kurz seine Frau und wieder Jenny an. „Ach, so ein Quatsch", flucht er leise, dreht sich weg und zieht sich zurück.

Die Mutter schaut ihm kopfschüttelnd hinterher, bevor sie sich wieder ihrer Tochter widmet. „Wenn er in die Bibliothek geht, weiß er nicht weiter. Ich werde mit ihm reden, Jenny. Bitte überleg es dir. Er ist immer noch dein Vati."

Jenny nickt. Sie schaut zu dem Polizisten. „Kann ich ihn vielleicht später anzeigen, falls er uns anzeigt?"

„Das können Sie."

„Okay. Ich erstatte erstmal keine Anzeige."

„Gut. Ich denke, dann können wir gehen. Einen schönen Tag noch."

Jennys Mutter zeigt sich kooperativ. Mit ihr zusammen schauen wir, was Jenny gleich mitnehmen kann. „Es tut mir so leid, wie er sich verhält", beteuert sie mir gegenüber. „Ich will versuchen nochmal über alles mit ihm zu reden. Vielleicht kann ich ihn milde stimmen, aber mehr kann ich ja nicht tun."

„Warum verlassen Sie ihn nicht einfach?", frage ich.

„Ach, er meint es ja gut. Jenny erinnert ihn einfach an seine Mutter. So ein Hippie, der 68er Generation, die bei keinem Mann längere Zeit blieb. Er selbst musste immer wieder mit anderen Stiefvätern klar kommen. Manche ignorierten ihn, manche wollten sich beliebt machen, doch er wünschte sich nur einen Vater, der bleibt."

Sie zögert. Überlegt sie, ob das zu privat ist? – Nein, sie erzählt weiter. „Das war im Westen, wo er aufwuchs. In Frankfurt am Main. Er litt darunter, wenn seine Mitschüler feststellten, dass er immer wieder von anderen Männern abgeholt wurde, die als neue Stiefväter auftraten. So flatterhaft wie seine Mutter, sollte Jenny auf keinen Fall werden. Nach Ende ihrer Beziehung mit Benno, der ihr einen Antrag machte, bedrängte er sie, ihn zu heiraten und immer treu zu bleiben."

Jennys Mutter atmet tief durch. „Auch Charly wäre ein guter Mann gewesen, aber sie wollte ja nicht. Als es zur Trennung kam, beschimpfte ihr Vater sie. Sie solle entweder zu Benno zurückkehren oder Charly heiraten. Bei einem von ihnen sollte sie auf jeden Fall bleiben."

Ihre Stimme wird zittrig. „Als sie schließlich zu Dennis zog, kündigte er ihr die Familienzugehörigkeit. Er konnte es nicht ertragen, den Lebenswandel seiner Mutter bei Jenny erneut erleben zu müssen."

Mama schüttelt den Kopf. „Ich kann nicht begreifen, dass Sie deshalb dieses Leid an Jenny zulassen."

„Was soll ich denn machen? Ich bin doch abhängig von ihm."

„Und Sie verstoßen eher ihr Kind, als auf ihren Reichtum zu verzichten?"

Mit leicht geöffnetem Mund starrt Jennys Mutter sie an und stolpert einen Schritt zurück. An der Tür hält sie sich fest. Diese Bemerkung traf ins Schwarze.

Mit den Zeugnissen, dem Setzkasten, ein paar Fotoalben, Bergen von Kleidung und einer umfangreichen Plüschtiersammlung ist das Auto voll beladen.

„Meine Musikanlage und die CDs müssen noch mit!", betont Jenny.

„Wir kommen ja wieder und holen auch den Rest", verspreche ich.

„Na, wie du meinst." In einer schnellen Bewegung umarmt sie für einen Moment ihre Mutter. „Mach's gut. Und widersprich öfter mal deinem Mann."

„Ach, Jenny, du weißt doch, wie er ist."

Sie nickt kurz. „Ja, eben!" Dann löst sie sich von ihrer Mutter und eilt schnellen Schrittes zum Auto. „Lass uns losfahren, ich will hier weg."

Ihr Vater ist nicht mehr zu sehen. Seine Drohung beunruhigt mich. Hoffentlich kann seine Frau wirklich auf ich einwirken.

Eine böse Überraschung

Endlich steigen wir ins Auto. Nicht nur der Kofferraum, auch der halbe Rücksitz ist mit Jennys Hab und Gut gefüllt. Mama sieht kurz nach hinten. „Habt ihr euch schon überlegt, wo ihr das alles unterbringen wollt? Ich werdet Platz bei Jannik schaffen müssen."

Verwundert schaue ich für einen Sekundenbruchteil zu ihr hinüber. „Wieso denn das?"

„Sieh nach vorn", schimpft sie.

„Wir wollten doch mein altes Zimmer nutzen."

„Für all das? Ihre Kleidung braucht Jenny bei euch und die Plüschtiere wird sie auch bei sich haben wollen, oder? Jenny?"

„Ja, klar. Wenn das geht?"

Meine Wohnung wird überlaufen. Wo sollen wir das alles lassen?

„Klar geht das", erklärt Mama. „Jannik müsste nur seine Eisenbahn abbauen, um genug Platz zu haben."

„Das kommt gar nicht in Frage!", widerspreche ich.

Erschrocken stimmt Jenny zu. „Nein, das darf er nicht machen. Daran wollen wir weiterbauen."

„Was denn? Du willst da mitmachen?"

„Traust du mir das etwa nicht zu, Tina?"

Mama lacht. „Dir traue ich alles zu. Darauf kommt es aber nicht an. In Janniks Kinderzimmer könnt ihr vielleicht überzählige Möbel abstellen, bis Jenny eine eigene Wohnung hat, aber doch nichts, was sie ständig braucht."

„Wir müssten auch noch meine Bücher holen", ergänzt Jenny. „Die will ich bei mir haben."

„Können wir die nicht in Umzugskartons packen und in meinem alten Zimmer oder im Keller stapeln?"

„Bücher lagert man nicht im Keller, Jannik!", belehrt mich Mama. „Da werden sie muffig."

„Außerdem müssen wir nächstes Mal meine Gitarre mitnehmen", beschließt Jenny. „Ich habe mir vorgenommen öfter zu üben."

Kein Zweifel, ich werde unter ihren Sachen ersticken! „Können wir nicht erstmal die Sachen zu euch bringen", bitte ich meine Mutter, „bis wir Platz geschaffen haben?"

„Naja, wenn es sein muss, aber richtet kein Chaos an!"

Jenny kichert. „Darauf wird es wohl hinauslaufen."

Kurz bevor wir in die Ernst-Thälmann-Straße einbiegen ruft Mama meinen Vater an. „Wir sind gleich da. Kannst du runterkommen und tragen helfen?"

Auf dem Parkplatz steht er bereit. Er verschafft sich einen Überblick. „Na, *ihr* habt ja viel Gepäck. Hat das *deshalb* so lange gedauert."

Natürlich erzählen wir, was geschehen ist, während wir mein Wohnzimmer in ein Lager für Textilien und Plüschtiere umwandeln. Wenigstens kann ihre Musikanlage zu meinen Eltern. „Wir haben schließlich meine, die kannst du auch benutzen", verspreche ich Jenny.

Mama berichtet, was noch alles an Möbeln zu holen ist. „Wir werden einen Transporter brauchen. Allein die Teile, aus denen ihr Kleiderschrank besteht, passen nie in Janniks oder unser Auto."

Papa schüttelt den Kopf. „Wäre das nicht sinnvoller, wenn Jenny ihre eigene Wohnung hat?"

„Nein", widerspricht sie, „ich will möglichst schnell alles holen, damit ich nie wieder hin muss."

Glücklich sieht sie nicht aus. Ihr Heimweh verträgt sich nicht mit der Angst vor ihrem Vater.

„Tja, Jannik", stöhnt Papa, „jetzt wird es Zeit Platz zu schaffen. Lass und das Gästebett aus deinem Kinderzimmer in den Keller tragen."

Das muss wohl sein. Nach anstrengendem Kellerumräumen gibt es endlich Abendessen. Mama hat ein paar Würstchen warm gemacht und serviert sie mit Kartoffelsalat. „Es tut mir leid, dass es nichts Besseres gibt, aber wann hätte ich das machen sollen?"

„Das ist doch alles wunderbar", bedankt sich Jenny, die ihr beim Servieren hilft. „Das Essen ist gut und ihr seid so unglaublich nett zu mir." Als alles auf dem Tisch steht, umarmt sie Mama geradezu liebevoll, als wenn es ihre eigene Mutter wäre.

Sie wehrt sich jedoch. „Jenny, du bist ein nettes Mädchen, aber letzten Endes haben wir dir geholfen, weil Jannik das wollte. Bei ihm solltest du dich bedanken."

Erstaunt sieht sie mich an und beginnt zu strahlen. „Jannik. Natürlich! Du bist einfach super und hast mich gerettet. Ich danke dir. – Deine Eltern sind aber auch echt super." Sie wendet sich an Papa. „Ich will euch allen danken."

Er weist das von sich. „Nicht nötig, und Jannik wirst du wohl noch wochenlang danken können, bis du eine eigene Wohnung findest."

„Für uns wäre es die größte Freude", ergänzt Mama, „wenn du Jannik nicht unglücklich machen würdest. Überleg dir mal, warum er das alles getan hat."

„Ja." Unsicher knabbert sie an ihrer Lippe. Sie sieht mir in die Augen. „Du bist ein ganz prima Kerl."

„Ja, und was habe ich davon?", antworte ich ironisch. Lobeshymnen helfen nicht gegen Einsamkeit.

„Mensch, Jannik, was willst du denn? Du bist einfach klasse. Svenja war unglaublich blöd, dass sie dich wegen diesem Idioten verlassen hat."

„Wärst du klüger?"

Sie lächelt und legt ihren Arm um meinen Hals, zieht mich etwas herunter und gibt mir einen Kuss auf den Mund. Sie drückt mich fest an sich.

Sofort umarme auch ich sie und halte sie fest. Der Kuss dauert. Ein Kuss voller Leidenschaft, wie ich ihn noch nie erlebt habe. Leider endet er viel zu früh. Ob er sich wiederholen lässt?

„Ich würde alles für dich tun", gestehe ich.

„Ich weiß", flüstert sie. „Ich für dich auch."

„Das solltet ihr vielleicht bei euch nebenan fortsetzen", unterbricht uns mein Vater. Er hat Recht.

Wir verzehren noch das Essen und ziehen uns zurück.

In meiner Küche plaudern wir bei Limonade noch eine ganze Weile über belangloses Zeug, über Erinnerungen aus der Schule, über Svenja, über Dennis und all die anderen.

Jenny erzählt von ihren Eltern, als sie noch klein und ihr Vater erträglich war. Mir kommt wieder seine Drohung in den Sinn, aber was kann er schon tun? Er wird kaum kriminell werden und wir sind im Recht.

Der Abend ist lang. Wir reden nur über Vergangenes, doch was wird die Zukunft bringen? Würde sich Jenny heute anbieten, wäre ich glücklich, aber sie tut es nicht und ich will sie auf keinen Fall drängen. So lebhaft, wie sie redet, so fröhlich, wie sie jetzt scheint, muss eine erhebliche Last von ihr abgefallen sein. So kenne ich sie von früher, als sie für mich nur Svenjas Freundin war, die stets umschwärmt wurde.

Die inzwischen eintretende Müdigkeit lässt mich unwillkürlich gähnen.

„Wir sollten wohl schlafen gehen", rät sie daraufhin.

Am liebsten hätte ich sie heute Nacht bei mir. „Meinst du, dass zwischen all deinen Sachen genug Platz zum Schlafen ist?"

„Das wird schon gehen. Gute Nacht. – Weck mich bitte zum Frühstück." Sie lächelt mich an.

Sie lächelt so bezaubernd, dass ich unmöglich enttäuscht sein kann. Was nicht ist, kann ja noch werden. „Gute Nacht."

Früh morgens klingelt der Wecker. Die Nacht war allzu kurz. Ich muss aufstehen. Jenny wird es auch müssen, wenn sie mit Mama zum Café fahren und sich bewerben will. Nachdem ich das Bad verlasse, wecke ich sie. „Jenny? Guten Morgen. Willst du frühstücken?"

„Hm", knurrt sie. „Wie spät ist es denn?"

„Halb sieben. Ich muss um acht bei der Arbeit sein."

Sie reckt und streckt sich. „Oh, ich sollte wohl aufstehen. Lass uns gemeinsam essen."

„Prima!"

Ich gehe in die Küche, mache Kaffee, röste ein paar Scheiben Toastbrot, decke den Tisch und höre, wie sie im Bad das Wasser laufen lässt.

Das Café öffnet erst später. Sie hat noch Zeit. Ich muss eher mit dem Frühstück fertig sein. Gerne würde ich auf sie warten, aber das dauert zu lange.

Als ich den ersten Bissen kaue, kommt sie aus dem Bad und setzt sich zu mir. „Warum wartest du nicht auf mich? Wollten wir nicht zusammen frühstücken?"

„Ich muss bald los."

„Ich auch, schließlich will ich deine Mutter begleiten und mich bei ihrem Chef bewerben."

„Sie muss aber erst eine Stunde später los."

Jenny beginnt zu essen. „Umso besser. Du hast wieder alles wunderbar vorbereitet. So könnte mir das immer gefallen."

„Bis du hier ausziehst?"

„Hoffentlich klappt es mit dem Job, damit ich bald eine eigene Wohnung finde kann. Drückst du mir die Daumen?"

Was ist das für ein seltsames Lächeln, mit dem sie mich ansieht? Wäre es ihr lieber, wenn ich die Daumen nicht drücke? Sie könnte für immer bleiben, aber sollte ich ihr Pech wünschen? „Klar, drücke ich sie dir."

Irgendwie wirkt sie enttäuscht, als sie mich ansieht. „Willst du mich loswerden?"

Huch? „Wie kommst du denn darauf?"

„Ich dachte ja, du hättest dich ein bisschen in mich, naja…" Ihre Finger spielen mit einer ihrer Locken. „…verliebt?"

Natürlich habe ich das, aber soll ich das zugeben? „Was glaubst du, warum ich all das für dich mache?"

„Ich muss ja nicht wieder umziehen. Ich glaube einen besseren Freund als dich, könnte ich kaum finden."

Will sie gar nicht weg? Das wäre phantastisch! „Ich würde mich freuen, wenn du bleibst. Für immer."

Ihr Gesicht wird heller. „Heißt das, du liebst mich?"

Muss ich denn noch deutlicher werden? „Na klar, heißt es das!"

„Ja, dann sag das doch endlich!"

Mein Gott! „Ja, ich liebe dich! Ich will, dass du bleibst und dass wir zusammen glücklich sind."

Sie fällt mir um den Hals und küsst mich erneut. „Ich dich auch, Jannik." In diesem Moment fällt ihr Blick auf die Uhr. Zum Glück. „Ich fürchte, du musst bald los."

„Oh, ich müsste längst weg sein!" Schnell packe ich alles zusammen. „Jenny, ich drücke dir trotzdem die Daumen. Den Job sollst du bekommen und was du mit deinem Einkommen machst, kannst du immer noch entscheiden."

Zum Abschied gibt sie mir einen weiteren Kuss.

Erleichtert fahre ich zur Ausbildung. In einem halben Jahr werde ich in die Fertigung übernommen. Papa hat irgendwo aufgeschnappt, dass das nur noch eine Formsache ist. Dann kann ich Jenny alle Wünsche erfüllen, und was wir uns zusammen erst leisten könnten… – Bestimmt könnten wir uns irgendwann sogar ein Häuschen kaufen. Ob sie Kinder haben will?

Bei der Arbeit bin ich unkonzentriert. Meine Gedanken schweifen immer wieder zu Jenny, bis mein Meister sagt, dass ich zum Leiter der Fertigungsabteilung kommen soll. „Der will Sie sprechen."

„Geht es um meine Übernahme nach der Lehre?"

„Keine Ahnung."

Papa hatte ja so etwas gehört. Bestimmt teilt mir der Abteilungsleiter das gleich offiziell mit. Wenn ich das heute Abend Jenny erzähle, haben wir Grund zum Feiern.

Etwas nervös erreiche ich die Bürotür. Ich kenne diesen Abteilungsleiter ja noch gar nicht. Aufgeregt klopfe ich an.

„Herein!", ruft er.

Ich öffne die Tür und fühle mich wie vom Blitz getroffen. Am Schreibtisch sitzt Jennys Vater!

„Soso", schnarrt er mit boshafter Stimme." Da steht er nun, der Jannik Ludwig, der mir erst mit der Polizei kommt und jetzt von mir fest angestellt werden will."

Vor Schreck bekomme ich kein Wort heraus. Ist jetzt alles verloren? Kann ich den Job vergessen? Was sage ich nur?

„Wissen Sie, dass ich dafür sorgen kann, dass Sie im ganzen Konzern keine Stelle bekommen?" Ein leichtes Kopfschütteln begleitet sein schadenfrohes Grinsen.

„Es tut mir leid, ich wusste nicht, dass Sie..."

„Ach, hören Sie auf! Hatte ich Ihnen nicht gesagt, dass es Ihnen leidtun wird?" Höhnisch feixt er. „Tja, wer zuletzt lacht, lacht am besten!"

„Bitte verstehen Sie mich doch. Ich liebe Ihre Tochter und will ihr helfen."

„Liebe? So ein Quatsch! Und über Konsequenzen denken Sie auch nicht nach. Sie kommen unerlaubt auf mein Grundstück, jagen mir die Polizei auf den Hals und räumen zu guter Letzt mein Haus aus!"

„Aber das waren doch wirklich nur Jennys Sachen! Das durften wir, wie die Polizei bestätigt hat."

„Papperlapapp. Warum will Jenny überhaupt ausziehen? Sie kann jederzeit zurückkehren, wenn sie ein anständiges Leben führt."

„Aber Sie haben ihr den Zugang verweigert."

„Sie soll ein anständiges Leben führen!", brüllt er. „Wie lange will sie denn bei Ihnen bleiben? Eine Woche? Oder vier? Länger bleibt sie nirgends. Keine Ahnung, wie viele Freunde sie schon hatte."

„So viele waren das gar nicht."

„Ja, glauben Sie, Ihnen erzählt sie das? – Sie hätte Benno heiraten sollen, Der war okay. Oder den Charly. Der würde sie immer noch nehmen."

„Sie liebt aber mich."

Schon wieder muss ich sein gehässiges Lachen ertragen. „Das hat sie Ihnen eingeredet, aber sie wäre Ihnen nicht treu. Vergessen Sie Jenny!" Er wird etwas ruhiger. „Sie sollen ja in ihrer Ausbildung einiges an Talent gezeigt haben. Ihr Meister schwärmt geradezu von Ihnen. Es wäre wirklich schade, wenn Sie wegen einer Frau auf einen guten Arbeitsplatz verzichten wollen."

„Heißt das, ich werde nur übernommen, wenn ich Jenny verstoße?"

Er nickt. „Am besten, Sie sehen sie nie wieder. Sie soll Benno oder Charly heiraten, da kann sie sich frei entscheiden. Beides sind anständige Kerle, die mir nie mit der Polizei gekommen sind, also überlegen Sie es sich. – Auf Wiedersehen, Herr Ludwig!"

Verzweifelt verlasse ich das Büro. Gerade konnte ich noch auf Jenny hoffen und jetzt soll das alles vergeblich gewesen sein? Jenny hat sich schließlich auch in mich verliebt. Kann ich ihr das antun? Nur für einen Job, für den ich allerdings drei Jahre gelernt habe? Sollte meine ganze Ausbildung für die Katz gewesen sein? Vielleicht könnte ich woanders arbeiten, aber das wäre sicher nicht in Eisenach. Was mache ich nur?

Hätte ich bloß nie Jenny getroffen. Mein Leben wäre ganz normal weitergegangen, ich würde in die Fertigung übernommen werden und recht gut verdienen. – Und allein sein.

Verdammt! Bei dem Gedanken Jenny zu verlieren, muss ich Tränen unterdrücken. Soll ich uns beide unglücklich machen, nur wegen diesem Idioten?

Kaum kann ich die Mittagspause abwarten, um bei meinem Vater Rat zu suchen.

„Ach, herrje! Heinz Lehmann ist Jennys Vater? Warum hast du ihn denn nicht erkannt, als du bei ihm warst?"

„Wie oft habe ich den Typ denn schon gesehen? Ein oder zweimal höchstens in den letzten drei Jahren und da war er in Anzug und Krawatte, während er zu Hause in Gummistiefeln, Latzhose und Strohhut herumlief."

„Naja, dass man jemanden nicht erkennt, kann passieren, aber in diesem Fall hast du es mit einem arroganten Intriganten zu tun. Er hat sich schon oft unbeliebt gemacht, weil er unbedingt irgendwas durchsetzen musste."

„Was mache ich denn jetzt?"

Papa stöhnt. „Es kommt darauf an, was dir wichtiger ist: Dein Job oder Jenny."

Ich schüttle den Kopf. „Beides!"

Nachdenklich geht Papa auf und ab. „Es liegt an dem Abteilungsleiter, wen er übernehmen will. Für deine Karriere wäre es wohl das Beste, wenn du dich bei Herrn Lehmann entschuldigst und Jenny vergisst."

„Das kommt gar nicht in Frage, aber ich will doch auch nicht den Job verlieren."

„Den du noch gar nicht hast."

Meine Stimme beginnt zu vibrieren. Jenny will ich nicht aufgeben und den Job brauche ich. „Gibt es nicht irgendeine Möglichkeit? Darf er denn dermaßen willkürlich Entscheidungen treffen?"

Mein Vater nickt kaum merklich. „Personalentscheidungen sind immer ein bisschen willkürlich. Meist gibt es mehrere Bewerber, die geeignet sind. Wie soll man da sonst entscheiden? Man achtet auf Sympathie und wie sich jemand in den Betrieb integriert."

Klar. Ich habe keine Chance mehr. „Ich muss mich wohl woanders bewerben."

„Tja, aber das müsstest du mit den Zeugnissen, die du hier bekommst. – Wie die wohl ausfallen werden?"

Das kann ja alles nicht wahr sein. Verzweifelt lasse ich mich in einen Stuhl fallen. Ein Hoffnungsschimmer bleibt aber. „Die schreibt doch der Meister."

„Der wird es sich nicht mit Herrn Lehmann verscherzen wollen. Der ist schließlich auch sein Chef."

Jenny geht mir verloren! Es gibt keinen Ausweg. Mein Herz fühlt sich leer an, mir wird kalt. Kann mir mein Vater wirklich nicht helfen? „Ich liebe Jenny aber! Gibt es denn gar keine Möglichkeit?"

Er kratzt sich am Kinn. „Es wäre eher eine theoretische Möglichkeit: Lehmann müsste versetzt werden. Du müsstest einen anderen Abteilungsleiter bekommen, und zwar ganz schnell."

Das ist wohl kaum zu erwarten.

Nachdenklich beginnt er in seinem Büro auf und ab zu schreiten. „Es ist wenig professionell, wenn sich ein Abteilungsleiter bei der Beurteilung von Auszubildenden von persönlichen Animositäten leiten lässt."

„Hat er das schon öfter gemacht?"

„Dauernd. Er urteilt immer nur nach Sympathie, viel zu wenig nach Qualifikation. Er hat sich schon bei vielen Mitarbeitern unbeliebt gemacht hat. Es gab sogar mal eine Rangelei, wegen der er abgemahnt wurde. So etwas darf er sich nicht wieder leisten."

„Wenn es dazu wieder käme, wäre er also weg vom Fenster?"

„Er würde vermutlich eine zweite Abmahnung bekommen. Man würde ihm nahelegen, sich versetzen zu lassen, da er bei einer dritten rausfliegen würde."

„Und wenn er sich nicht versetzen lässt?"

„Dann hättest du Pech gehabt."

Darüber muss ich nachdenken. Einen Versuch wäre es vielleicht wert. „Meinst du, man kann ihm eine Falle stellen?", flüstere ich vorsichtig.

„Da kann ich dir keinen Rat geben. Nur so viel: Geh kein Risiko ein. Jennys Vater ist kräftig. Außerdem müsste eine erneute Rangelei von ihm ausgehen und unter Zeugen passieren. Nicht, dass womöglich noch *du* eine Abmahnung bekommst. Was glaubst du, wem man an Ende mehr Vertrauen schenken wird, dem langjährigen Abteilungsleiter oder dem Azubi, der gerade erfahren hat, dass er nicht übernommen wird?"

Verdammt! Da hat er Recht.

„Aber eines kann ich dir garantieren: Es wird einige Leute geben, die froh wären, wenn er weg ist. Wenn du eine Idee hast, sollten wir darüber reden."

„Ja, klar."

Mit ihm darüber reden? Bestimmt würde er mir alles ausreden, weil es zu gefährlich, zu unsicher oder sonst was wäre.

Die Mittagspause ist vorbei, die Arbeit geht weiter, doch ich kann mich nicht konzentrieren.

Jürgen spricht mich an. Seit fast drei Jahren lerne ich mit ihm zusammen. „Was wollte Lehmann denn von dir? Schlechte Nachrichten?"

Meine Laune lässt meinen kurzen Blick zu ihm verfinstern. „Kann man wohl sagen!"

„Will er dich etwa *nicht* übernehmen?"

„Tja, nur, wenn ich mich von seiner Tochter trenne."

Er zuckt überrascht zusammen. „Oh! Was?"

„Ich habe mich in sie verliebt, ohne zu wissen, dass er ihr Vater ist. Er will aber, dass sie jemanden heiratet, den sie gar nicht möchte."

„Das gibt's doch nicht! In welchem Jahrhundert leben wir denn!"

„Leider sitzt er am längeren Hebel."

„Und du lässt dir das gefallen?"

Ich schüttle den Kopf. Hinter vorgehaltener Hand berichte ich, was mein Vater gesagt hat.

„Dass er ein arroganter Idiot ist, haben viele schon gemerkt, aber man kommt wohl kaum gegen ihn an. Eine weitere Abmahnung hätte er aber verdient."

„Wenn ich nur wüsste, wie man das hinbekommen kann."

„Ist dir schon mal aufgefallen, dass er jeden, der ihm zu nah kommt, mit flacher Hand wegdrückt, um Abstand zu wahren?"

„Als ich mit ihm sprach, war ja sein Schreibtisch zwischen uns."

„Sprich ihn in der Kantine an. Beschimpfe ihn. Tritt möglichst nah an ihn heran. Er wird dich wegdrängen. Stolpere, fall hin und beschwer dich anschließend über diesen Angriff."

Das klappt doch nie! „Worüber sollte ich denn da stolpern?"

„Du brauchst dich nur fallen zu lassen. Entscheidend ist, dass es möglichst viele Leute sehen. Am besten auch aus der Chefetage."

Die Idee gefällt mir gar nicht. Würde das überhaupt echt aussehen?

Warum hat Jenny nur so einen schrecklichen Vater! Könnte sie nicht einen netten haben? – Okay, dann wäre sie nach Hause gefahren und nicht zu mir mitgekommen.

Sie geht mir nicht aus dem Kopf. Hoffentlich klappt das mit ihrem Job im Café. Sie wäre nicht mehr auf mich angewiesen, aber eine eigene Wohnung hätte sie noch lange nicht. Ich kann sie doch nicht auf die Straße setzen!

Verlieren will ich Jenny auf keinen Fall, aber den Arbeitsplatz brauche ich. – Also muss ich handeln. Es muss einfach klappen! – Ihr Vater wird sich aber wehren. Zumindest mit Worten. Er wird sich rechtfertigen und mir die Schuld zuschieben. Ihm wird man mehr glauben. Ach, wenn ich nur wüsste, was ich tun soll!

Endlich ist Feierabend. Zu Hause wartet Jenny! Was sage ich ihr nur?

Job oder Liebe?

Überschwänglich begrüßt mich Jenny. Vor Freude hüpft sie herum. „Stell dir vor, es hat geklappt, mit dem Job im Café!" Sie umarmt und küsst mich.

Meine Stimmung bleibt jedoch tief am Boden.

Sie wundert sich. „Was ist los? Freust du dich nicht?"

„Doch, natürlich."

„Dann sag das deinem Gesicht. – Stimmt was nicht?"

Wir gehen ins Wohnzimmer.

„Jenny, du weißt, dass ich bald ausgelernt habe und in der Fertigung übernommen werden sollte."

„Ja, und?"

„Heute bat mich der Abteilungsleiter in sein Büro. – Weißt du, wer das ist?"

Sie scheint es wirklich nicht zu wissen, aber sie ahnt wohl etwas. Nachdenklich hält sie den Zeigefinger an ihren Mund. „Müsste ich das?"

„Verdammt, das ist dein Vater!", rufe ich. „Warum hast du mir nicht gesagt, dass er dort der Abteilungsleiter ist?"

„Da arbeiten so viele Leute. Ich wusste nicht, dass er für dich wichtig ist."

„Jenny, er übernimmt mich nur, wenn wir beide uns trennen. Ich habe nicht drei Jahre gelernt, um das alles zu verspielen. Ich möchte dich wirklich nicht verlieren, aber wir sollten vielleicht erstmal auf Abstand bleiben. Später können wir immer noch zusammenkommen."

„Was heißt denn das?" Entsetzt lässt sie sich in die Couchgarnitur fallen. „Du willst mich auf die Straße setzen und hoffst, dass ich irgendwann zu dir zurückkehre?"

Sie hat Recht, das ist absurd.

„Ich muss doch *jetzt* irgendwo bleiben!"

Ich werde sie so oder so verlieren. Wenn ich ihretwegen auf den Job verzichte, kann ich ihr nichts mehr bieten. „Dein Vater hat gesagt, dass du nach Hause kannst."

„Aber bestimmt nur, wenn ich Charly heirate. Das mache ich nicht!"

„Das will ich auch gar nicht. Dein Vater darf nur nicht merken, dass wir noch zusammen sind."

„Und wo soll ich solange hin? Wieder nach Hause wäre eine absolute Zumutung! Er würde mich sofort mit Charly verkuppeln. In welchem Jahrhundert leben wir denn?"

Weil ich an Jürgen denke, der das auch gefragt hat, muss ich unwillkürlich grinsen.

„Was ist denn daran so komisch?"

Schnell erzähle ich ihr von meinem Kollegen und seiner Idee, wie ich Jennys Vater provozieren könnte.

„Mensch, Jannik, das ist aber nicht ungefährlich. Verletz dich nicht dabei."

„Tja, stimmt." Nickend schaue ich quer durchs Zimmer und vermeide den Blickkontakt. Dieses Risiko will ich keinesfalls eingehen. Die ganze Zeit denke ich darüber nach, wie sich das vermeiden lässt.

„Könnte dein Kumpel, dieser Jürgen, nicht rein zufällig hinter dir stehen und dich auffangen?"

Überrascht sehe ich Jenny an. Keine schlechte Idee. „Ich frage ihn, ob er das macht."

„Tu das. Es wäre wirklich toll, wenn ihr das hinbekommt." Sie ergreift meine Hände. „Jannik, du musst mich davor schützen, Charly heiraten zu müssen."

Mir wird mulmig bei dem Gedanken, mich nach hinten fallen zu lassen. Es ist so vieles unklar. Wird Lehmann wirklich eine Abmahnung bekommen? Lässt er sich deshalb tatsächlich versetzen? „Dein Vater wäre auch einverstanden, wenn du Benno heiratest."

Mit scharfem Blick sieht sie mich an. „Wäre dir das lieber? Die will ich beide nicht!"

„Nein, es wäre mir lieber, wenn du bei mir bleibst, aber ohne Job kann ich dir nichts bieten."

„Dann führ deinen Plan aus!"

Ich atme tief durch. Sie hat Recht.

Am nächsten Tag rede ich in einem unbeobachteten Moment mit Jürgen. Er muss dabei sein und mich auffangen, wenn Jennys Vater mich schubst. Leider hat er Bedenken. „Und das soll zufällig aussehen?"

„Es *muss* zufällig aussehen", betone ich.

Er schüttelt den Kopf. „Damit riskiere ich doch auch meinen Ausbildungsplatz!"

„Du müsstest nur hinter mir stehen und dich von mir anrempeln lassen."

„Warum sollte ich die ganze Zeit hinter dir stehen, wenn du dich mit Herrn Lehmann anlegst?"

Gute Frage. „Du könntest versuchen mich zu bremsen."

Endlich lässt er sich darauf ein. „Ich würde lieber unbeteiligt wirken."

„Oder du kehrst mir den Rücken zu und lässt dich von hinten anrempeln. Du würdest mir einen riesigen Gefallen tun."

„Wenn ihr euch streitet, wird jeder hinschauen, und ich soll dir als einziger den Rücken zudrehen? Das wäre kaum glaubhaft."

„Stimmt. Schau halt zu. Hauptsache, du bist da."

„Gut, versuchen wir es. Danach bist du mir einen Gefallen schuldig."

Ich nicke. „Na, klar."

Zur Mittagspause gehen wir in die Kantine.

„Was machst du, wenn Lehmann später isst, Jannik?"

„In dem Fall versuchen wir es morgen und notfalls übermorgen wieder oder nächste Woche. Irgendwann werden wir ihm bestimmt begegnen."

Er ist schon heute da. Mein Herz rast vor Aufregung.

„Da ist er", flüstert Jürgen. „Ich bleibe hinter dir."

Sofort spreche ich ihn an. „Herr Lehmann! Gut, dass ich Sie sehe."

Ich muss dicht an ihn herantreten. „Ich lasse ihre Tochter nicht im Stich! Sie braucht Hilfe, ich gebe sie ihr und sie will bei mir bleiben!"

„Lassen Sie mich in Ruhe, ich will jetzt essen."

Fast ist er an mir vorbei. So geht das nicht. „Sie brauchen gar nicht wegzulaufen. Jenny wird sich auf keinen Fall von Ihnen verkuppeln lassen! In welchem Jahrhundert leben Sie eigentlich?" Der Spruch passt wirklich.

Endlich sieht er mich an. „Jetzt hören Sie mir mal zu: Es geht Sie rein gar nichts an, wie ich mit meiner missratenen Tochter umgehe." Er weist mit dem Zeigefinger auf mich. „Halten Sie sich da raus!"

„Nein, das kann ich nicht, denn ich liebe Jenny!"

Er lacht. „Schön für Sie, aber spätestens wenn Sie arbeitslos sind, wird Jennys Interesse an ihnen weg sein."

„Sie wollen wirklich meine Anstellung verhindern, nur um ihrer Tochter zu schaden? Ich habe immer die besten Beurteilungen bekommen. Das wissen Sie genau."

Ich muss aggressiver werden und ihm noch näher entgegentreten. „Und jetzt wollen Sie mich loswerden, weil ich helfen will, anstatt bei ihrem schäbigen Verhalten genauso schweigend zuzusehen, wie ihre Frau?"

Das hat gesessen! „Was geht Sie meine Frau an? Gehen Sie mir von der Pelle, Sie Rüpel."

Ich weiche nicht von der Stelle. „Mit ihrer Frau können Sie meinetwegen machen, was sie wollen, aber Jenny steht unter meinem Schutz!"

„Sie sind ja völlig irre!" Er will sich abwenden.

Schnell verstelle ich ihm den Weg.

In diesem Moment berührt seine rechte Hand meinen Oberkörper, um mich wegzuschieben. Wohlwissend, dass hinter mir Jürgen oder zumindest der Tresen der Essensausgabe steht, mache ich ein paar schnelle Schritte nach hinten.

Jürgen verfehle ich! Mit der Hüfte knalle ich an die Kante des Tresens, verliere das Gleichgewicht und stürze mit dem Arm in das Essen einer Mitarbeiterin aus der Produktion.

„Was soll denn dieses Theater?“, schimpft mein Kontrahent.

Unser Streit bleibt nicht unbeobachtet. Die Aufmerksamkeit aller Anwesenden ist uns sicher.

Auch die Kollegin, deren Mahlzeit ich ruiniert habe, nimmt mich in Schutz. „Muss das sein, Herr Lehmann? Warum schubsen Sie den Jungen in mein Essen?“

Natürlich konnten alle sehen, dass er mich gestoßen hat. Dass diese Berührung gar nicht so kräftig war, ging zum Glück im Rahmen meines Stolperns unter.

Er versucht, die Situation zu beschwichtigen. „Es ist gar nichts passiert.“

Ich muss mir die Hüfte reiben. „Können Sie nicht mit Worten diskutieren, anstatt gleich gewalttätig zu werden?“ Ein blauer Fleck ist mir sicher. Es hätte aber schlimmer kommen können.

Alle reden durcheinander, aber die meisten scheinen mir Recht zu geben. Unzählige Leute stehen um uns herum. Nur Jürgen ist verschwunden. Wo ist er hin?

Sogar Herr Grossmann, unser Werksleiter, erscheint. „Was ist denn hier los?“, brüllt er mich an.

An meiner linken Seite und am Arm mit Essensresten verdreckt, erhebe ich Vorwürfe. „Er will seine Tochter zwingen gegen ihren Willen zu heiraten. Deshalb ist sie zu mir geflüchtet.“

„Herr Lehmann hat ihn in mein Essen gestoßen“, beklagt sich die Kollegin.

Natürlich versucht er, sich zu rechtfertigen. „Ich bezahle Ihnen ja da Essen.“ Vor dem Werksleiter versucht er sich zu rechtfertigen. „Was dieser Azubi sagt, stimmt nicht. Ich will nur das Beste für meine Tochter.“

„Und deshalb prügeln Sie sich hier?“ Er sieht abwechselnd uns beide an. „Sowas gehört nicht an den Arbeitsplatz! Regeln Sie das in ihrer Freizeit.“

Auf meinen verschmutzten Arm weisend, verteidige ich mich. „Sehe ich aus, als hätte *ich* jemanden geprügelt? Meine Hüfte tut weh!“

„Dann gehen Sie bitte zur Ersten Hilfe und lassen sich untersuchen. Und Sie, Herr Kollege“, er richtet sich an Jennys Vater, „sind in einer Stunde in meinem Büro.“

In der Ersten Hilfe wird eine leichte Prellung diagnostiziert. „Nicht weiter schlimm“, heißt es.

Ich kehre zurück an die Arbeit.

Nach einer Dreiviertelstunde erscheint der Meister. „Sie sollen in die Personalabteilung kommen. Zu ihrem Vater.“ Er schmunzelt. „Nicht schlecht, wenn man solche Beziehungen hat.“

Mit Sicherheit hat er längst von dem Vorfall in der Kantine erfahren. Wie wird er reagieren? Dass mein Vater mich rufen lässt, ist ein gutes Zeichen. Bei jemand anderem könnte alles passieren, aber mein Vater wird zu mir halten.

Trotz allem klopfe ich nervös an die Tür. Wird er allein sein oder stoße ich auf ein Tribunal?

Sein Schreibtisch ist verwaist. Am Besprechungstisch sitzt er mit Herrn Grossmann und Herrn Lehmann.

„Bitte setzen Sie sich“, ruft mir Herr Grossmann zu.

Zum Glück kann ich mich neben Papa setzen, direkt gegenüber von Jennys Vater. „Guten Tag, die Herren.“

Entgegnet wird mein Gruß nicht.

„Ich wurde vorhin Zeuge eines sehr unerfreulichen Vorfalls", erklärt der Werksleiter. „Eine Rauferei am Arbeitsplatz kommt auf keinen Fall in Frage. So etwas muss Konsequenzen haben."

Lehmann meldet sich zu Wort, auf mich und meinen Vater weisend. „Darf ich annehmen, dass die beiden Herren Ludwig miteinander verwandt sind?"

Muss er das ansprechen? Mein Vater wird sich keinem Vorwurf von Vetternwirtschaft aussetzen wollen.

„Das ist allgemein bekannt", antwortet er, „es spielt aber keine Rolle. Wir werden die Sache selbstverständlich objektiv betrachten. Sie werden sehen."

Auf keinen Fall will ich alles über mich ergehen lassen, ohne mich zu verteidigen. „Habe ich jetzt einen Nachteil, weil mein Vater in der Personalabteilung arbeitet, Herr Grossmann?"

Der schüttelt den Kopf. „Nein, dafür sorge ich schon."

Endlich fragt mein Vater Herrn Lehmann, was geschehen ist.

Der berichtet alles aus seiner Sicht, im Grunde wahrheitsgemäß. „Ich habe ihn nur ganz leicht angetippt."

„Sie haben mich weggestoßen", widerspreche ich mit gut gespieltem Zorn.

Mein Vater ergreift erneut das Wort. „Herr Lehmann, vor gut zwei Jahren gab es bereits einen ähnlichen Vorfall. Sie bekamen eine Abmahnung."

Gereizt winkt er ab. „Ach, das war alles Unsinn. Da war gar nichts. Ich wurde zu Unrecht beschuldigt!"

„Ach, da war gar nichts? Da sagt ihre Personalakte aber etwas anderes. War das weniger als heute?"

„Was kommen Sie überhaupt mit diesen ollen Kamellen? Das ist doch lächerlich!"

„Tja, genauso lächerlich, wie ihre heutige Aktion."

„So ein Quatsch!", schimpft Lehmann kopfschüttelnd.

Ich werde nervös. „Der Herr Lehmann nimmt seine Fehler nicht ernst, Herr Grossmann!", werfe ich ein.

Der Werksleiter übernimmt das Verhör. „Nun regen Sie sich mal nicht auf, Herr Ludwig Junior."

Er schaut wieder Lehmann an. „Ihnen ist klar, dass Sie eine zweite Abmahnung bekommen?"

Am ganzen Körper bebt er vor Zorn, doch es gelingt ihm, relativ ruhig zu bleiben. „Wieso denn das? Ich habe gar nichts gemacht! Der Junge hat mich provoziert."

„Ich habe selbst gesehen, wie er im Essen der Kollegin gelandet ist."

In mir kommt Erleichterung auf.

„Das lasse ich mir nicht gefallen", schimpft Lehmann. „Gegen eine erneute Abmahnung werde ich vorgehen. Das ist ein abgekartetes Spiel! Der junge Ludwig hat sich einfach fallen lassen, um mir was anzuhängen."

Hoffentlich wird ihm nicht geglaubt. Ich muss widersprechen. „Was soll ich gemacht haben? Fragen Sie in der Ersten Hilfe nach. Die können bestätigen, dass ich eine ordentliche Prellung habe. Sowas hole ich mir bestimmt nicht freiwillig!"

„Vielleicht doch", wirft Lehmann ein. „Er will mich loswerden, um mit meiner Tochter zu pussieren. Denen sind doch alle Mittel recht."

„So ein Quatsch!", widerspreche ich empört.

Endlich äußert sich auch mein Vater. „Also, Herr Grossmann, schauen Sie sich meinen Sohn einmal an. Der Kräftigste ist er ja nun nicht gerade. Sieht so jemand aus, der sich freiwillig auf eine Prügelei einlässt?"

Grossmann schmunzelt. „Nein, sicher nicht."

Das ist genau der Grund, weshalb die Mädchen nie an mir Interesse hatten. Ich bin eben nicht der durchtrainierte Sportler, aber jetzt nützt das vielleicht.

Grossmann wendet sich an Papa. „Was können wir Herrn Lehmann raten?"

Der ahnt, worauf das hinausläuft. „Nein, ich lasse mich nicht in ein anderes Werk versetzen! Ich habe hier eine herrliche Villa, die gebe ich nicht auf."

Verständnislos schüttelt der Chef den Kopf. „Was glauben Sie, wann ihre dritte Abmahnung kommt?"

Äußerst unruhig auf seinem Stuhl sitzend, schweigt er.

Mein Vater setzt das Gespräch fort. „Ich hätte da etwas Interessantes für Sie, Herr Lehmann. In der Zentrale wird nächsten Monat ein Posten als Leiter der Entwicklungsabteilung frei. Der Kollege geht in den Ruhestand und Sie bekämen eine höhere Gehaltsstufe."

Grossmann wundert sich. „Sie wollen ihn befördern?"

Mein Vater schmunzelt. „Wir wissen doch alle, dass er in der Belegschaft nicht besonders beliebt ist. Unserem Arbeitsklima würde das sicher gut tun."

Grossmann nickt. „Er würde sich bestimmt bald wieder mit irgendwem streiten." Er wird ironisch. „Und schuld sind natürlich immer die anderen."

„Das ist überhaupt nicht wahr", schimpft Lehmann. „Das heißt, natürlich sind die Anderen schuld!"

In meinem Fall hat er sogar Recht, wie es wohl vor zwei Jahren war? Mein Gewissen meldet sich. – Warum meldet es sich angesichts dieses Mistkerls? – Weil ihm Unrecht geschieht! – Was passiert wohl, wenn ich mich großzügig zeige? „Ich finde ja, dass ihm nicht gleich eine Kündigung drohen sollte, wenn er das nächste Mal abgemahnt wird."

Alle schauen mich irritiert an.

„Das ist sicher ein Superposten in der Zentrale. Könnten wir nicht auf die Abmahnung verzichten, wenn er sich freiwillig dorthin bewirbt?", frage ich.

Lehmann starrt mich mit leicht geöffnetem Mund an.

Grossmann wundert sich. „Sie wollen, dass wir auf die Abmahnung verzichten? Es haben alle gesehen, was passiert ist. So etwas muss Konsequenzen haben!"

„Könnte man nicht sagen, dass es ein Missverständnis war? Er ist ein furchteinflößender Mann. Ich könnte zurückgeschreckt sein und mich dabei gestoßen haben."

„Genauso war es ja auch", ruft Lehmann dazwischen.

„Ach, nun hören Sie aber auf", widerspreche ich. „Da will man Ihnen entgegen kommen und was machen Sie?"

Herr Grossmann steht mir bei. „Ich muss mich sehr wundern, Herr Lehmann. Sie sollten froh sein, wenn dieser junge Mann so großzügig ist."

„Können wir denn so einfach auf eine Abmahnung verzichten?", fragt mein Vater.

Der Werksleiter sieht uns beide an. „Wenn die Familie Ludwig nichts dagegen hat? Es wäre das Einfachste."

„Also, ich habe nichts dagegen, wenn er in die Zentrale wechselt", verspreche ich.

„Du willst ja nur an meine Tochter ran", pöbelt er.

„Und Sie wollen Jenny zwangsverheiraten!"

Grossmann reicht es nun. „Das wird diese Jenny ja wohl selbst entscheiden. Klären Sie das in Ihrer Freizeit."

Er wendet sich an ihren Vater. „Herr Lehmann, ich an ihrer Stelle würde das Angebot annehmen. Einen prima Job oder eine Abmahnung? Was für eine Auswahl!" Ohne eine Antwort abzuwarten, steht Grossmann auf, verabschiedet sich und geht.

Heinz Lehmann bleibt sprachlos zurück.

„Jannik, du gehst jetzt wieder an die Arbeit", befiehlt mein Vater, „Herr Lehmann, ich nehme an, dass Sie noch etwas mehr über ihren neuen Job wissen wollen?"

„Aber ich habe hier ein wunderbares Haus."

Schade, ich würde gern hören, was die beiden jetzt besprechen, aber das wird Papa zu Hause sicher erzählen.

Nach Feierabend gehe ich gleich zu ihm in die Wohnung. Jenny und Mama kommen erst später nach Hause.

„Junge, du warst klasse!", lobt er mich stolz. „Mit deiner großzügigen Geste auf eine Abmahnung zu verzichten, hast du auf Herrn Grossmann einen wirklich integren Eindruck gemacht. Lehmann hat dadurch seine Glaubwürdigkeit vollends verloren."

„Echt?" Ich kann es kaum fassen!

„Grossmann hat mir mitgeteilt, dass er bereits mit der Zentrale telefoniert hat und Jennys Vater die Stelle bekommt, wenn er sich bewirbt, aber das wird er wohl."

„Toll! Jenny wird jubeln, endlich ihren Vater los zu sein."

„Naja, er wird wohl pendeln. Am Wochenende kann er hier sein, aber Hauptsache du hast nichts zu befürchten. Würde er dir jetzt noch Steine in den Weg legen, würde darin jeder ungerechtfertigte Rache sehen."

„Meinst du, meine Übernahme ist jetzt sicher?"

Er lächelt. „Naja, du darfst dir halt nicht noch etwas zuschulden kommen lassen, also führe besser keine Zweikämpfe mit Vorgesetzten mehr."

Mir ist natürlich klar, welches Risiko ich eingegangen bin, aber es hat sich gelohnt. „Keine Sorge Papa. Sieh mich doch an. Sieht so jemand aus, der sich freiwillig auf eine Prügelei einlässt?"

„Sehr gut, Junge, den Menschen mit ihren eigenen Worten zu kommen, beweist ein hohes Verhandlungsgeschick. Du kannst es weit bringen. Da bin ich mir sicher. Bleib aber vorsichtig und überschätz dich nicht. Andere haben auch kluge Köpfe."

Als Jenny und Mama heimkehren und wir berichten, fällt Jenny mir vor Freude um den Hals. „Ist das wahr? Bin ich den Alten wirklich los?"

„Na klar." Leidenschaftlich umarme und küsse ich sie.

„Das war nicht ganz ungefährlich", ergänzt Papa noch.

Jenny schreckt zurück. „Es war gefährlich?"

Auch Mama will genaueres wissen, so erzählen wir alles, was geschah.

Stolz zeige ich meinen Bluterguss.

Mama hält sich erschrocken ihre Hände vors Gesicht. „Mein armer Junge!"

Jenny bewundert mich jedoch. „Mein tapferer Held! Du bist echt super!" Eine weitere Umarmung folgt.

„Das darf Jennys Vater natürlich nie erfahren", rät Papa besorgt.

„Warum?", frage ich. „Der weiß doch, dass er nicht wirklich geschubst hat."

„Auch wieder wahr. Aber andere dürfen davon nichts erfahren."

„Von mir erfährt keiner etwas", verspricht Jenny. „Ich bin euch zu unendlichem Dank verpflichtet. Was Jannik und ihr für mich getan habt, war einmalig."

„Es war ja vor allem Jannik", erklärt Papa. „Der ist ein ganz schönes Risiko eingegangen. Wäre das schief gegangen, wäre er jetzt seinen Ausbildungsplatz los. Das hätte *ich* nicht verhindern können."

Daran darf ich gar nicht denken.

„Ich weiß", bestätigt Jenny. Lächelnd sieht sie mich an. „Was du für mich getan hast, war einmalig. Noch nie hat mir jemand so sehr seine Zuneigung bewiesen."

„Das war doch selbstverständlich."

„Unsinn. Du warst einsame Spitze. Früher hätte ich dir das bestimmt nicht zugetraut, aber auf dich kann man sich wirklich verlassen. So einen, wie dich, gibt es kein zweites Mal – und dafür liebe ich dich!"

Ein warmes Gefühl durchströmt mich. Sie liebt mich tatsächlich! „Ich liebe dich auch", flüstere ich ihr zu.

ENDE

Werden Jenny und Jannik wirklich ein glückliches Paar oder kommt noch etwas dazwischen? Fährt sie vielleicht doch noch zu Andi, an den sie immer wieder denken muss, oder tritt sogar Dennis wieder in ihr Leben? Wird sie sich mit ihren Eltern versöhnen?

Wer sich über eine Fortsetzung oder weitere Veröffentlichungen des Autors informieren möchte, kann Kontakt aufnehmen:

- https://www.facebook.com/ulrich.conrad.1
- Homepage: www.ulrichconrad.de
- E-Mail: ulrichconrad@yahoo.de

Wie Jenny in Leipzig an Jannik geriet und wie sie vorher Andi kennenlernte, kann in „Ausgerechnet Jenny!" (ISBN: 978-3-7322-3078-5) miterlebt werden.

Kurzgeschichten des Autors sind erschienen in:

- Fremd! Jede Geschichte hat zwei Seiten
  (ISBN: 978-3-95681-136-4)

- Naturidentisches Leben
  (ISBN: 978-3-7502-5386-5)

- Kreative Viecher
  (ISBN: 978-3-903296-15-2)

- Hundherum Heldenhaft
  (ISBN: 978-3-946424-26-0)

- Von Höhenflügen und Abstürzen
  (ISBN: 978-3-95996-215-5)